贅沢三昧したいのです！

転生したのに
貧乏なんて
許せないので、
魔法で
領地改革

4

みわかず

Illustration 沖史慈宴

contents

第八章 12才です。

第九章 13才です。

Profile

チート魔法使いで悪役令嬢。
前世は日本人。通称お嬢

侍従、一座の剣舞担当。妻はルルー

ドロードラング家侍従長、実は元剣聖

サレスティアの弟。白虎に見守られている

侍従、クールビューティ。夫はマーク

白虎の力を具現化した狼

アーライル国第三王子。お嬢と婚約中

タタルゥ出身、騎馬の民。
孫もいる

元傭兵。希望者に
剣を教えている

四神の一、玄武。

アーライル国国王。
アンドレイとレリィスアの父親

アーライル国第二王女、
アンドレイの妹

青龍に憑かれていたがお嬢が救う。
以降青龍は彼女を見守ることに

アーライル学園の長

アーライル国財務大臣、アンドレイ
とレリィスアの祖父、クラウスの兄

ジーンの付き人

ハスブナル国王太子の子。
転入生

あらすじ

5才の誕生日に頭をぶつけ、前世の記憶を取り戻し、怒りで魔法に目覚めたサレスティア。

前世でいうところの「乙女ゲーの悪役令嬢」であることにもめげず、脱貧乏のため魔法を駆使して領地改革を推し進める。

お嬢のひたむきさに絆され、領民や伝説級の魔物まで大奮闘……

王子や侯爵、弟との出会いを経て、国を大きく巻き込んで発展していくドロードラング領。

両親との決別を乗り越え、領

地経営も順調という流れでサレスティアは陞爵《しょうしゃく》し、アンドレイと婚約を結ぶ。

亀様を筆頭に白虎、シロウ・クロウという四神の仲間も増え、「アーライル学園」に入学したお嬢は苦悩するヒロイン・ミシルを救う。

ミシルの問題を解決したかと思ったら青龍まで現れて、なんじゃこりゃあぁぁ～の果てに、ハスブナル国に朱雀が囚われているという事実をつかむ。

次なる目標は、朱雀の救出！だったが……

第八章　12才です。

二〇話　出陣です。

「お嬢に何か危機が迫って、マーク、ルルー、アンディだけで対処できなかった場合にすぐ助けられるように、亀様の判断でその現場を見せてもらえるようにしてたんだよ」

今回なぜ、ドロードラング領の皆の行動が速かったか。

あっさりとニックさんが教えてくれた。

《アンドレイがあそこまで怒気を顕《あらわ》にしたからな。サレスティアの一大事だと思ったのだ》

うん、確かに一大事だったよ。

「イヤーカフを付けたドロードラング領の全員が見たからな、危うく客をほっぽりだして全員で来るところだったわ」

は？　……全員？　……まじか……恥ずかしいぃ……！

ああ、サリオンのサインがあったもんね……ってサリオンも思いきりが良すぎでしょうよ……判がなかったから無効の命令書だったけども。いや、判があっても無効だよ！

「領地の子供たちは大騒ぎだわ、アイス屋でも娘達はいきり立つわ、リズが仕事中に暴れだすわで、とりあえず戦闘班だけ来たんだ。カシーナたちが戻ったから未遂だった事は説明されてるだろうが、まあ皆を宥《なだ》めるために領地に早目に顔を出してくれや」

「わかった……ほんと、こんな事になってごめんなさい」

「牢に入るくらい大した事じゃないぜ？」

へらりと笑うニックさんがいるのは王城に近い牢屋。

アンディをがっつり殴りつけたから一時的に入ることになった。

国王にくっついて来た貴族の誰かがアンディの腫れた頰を見て、「そこまでの無礼は許さーん！」と騒ぎ、それを落ち着かせるためにニックさんは大人しくしている。

よく確認をせずに殴りつけた反省もある。

マークもアンディも二人とも奥歯一本ダメになったからね……そんなパンチもらってよくあんなにすぐに立ち上がったよ……

ちなみに他の皆は何をしてるかというと。

クラウスはニックさんの始末書を書き、土木班、鍛冶班は学園の修理と補修、ライラたち侍女班は保健室等での手当て補助。

戦闘職事務方のルイスさんは妊婦カシーナさんと共に領地に戻って、ネリアさんとチムリさんは、リズさんが大暴れした治療院の手伝いに行った。

狩猟班は騎士科生徒と学園内外の見回りをして、合宿組も何かしらの手伝いをしている。

「で？　これからどうするんだお嬢？」

四神の最高技は一日に一度しか使えないらしい。

あんな物が一日に一度って十分に世界が滅ぶ脅威しかないけど、続けて二回も繰り出せば強制的に自動封印されるらしい。

だから四神は大技をあまり使わない。

あれをあと一つやり過ごせば、朱雀《すざく》は眠りについてハスブナルは力がなくなる。

……はずだけど、黒魔法がどう作用するかがわからない。

それに、朱雀を助けて村長に会わせるのが最優先だ。

「まずはハスブナルの城を吹っ飛ばす」

「お、おぉ……思ってたより派手な答えだったわ……」

「そんで、地下にあるという朱雀の囲われている現状の確認。魔法陣の解析及び解除、そして救助ね」

「……見事に朱雀だけの内容だな」

「だってハスブナル国に掛かった呪いには朱雀の力が使われているっていうんだもの。イカれてる国王を相手にするより、ヤンさんを認識した朱雀に聞いた方が早いわよ」

「それもそうか」

「ただし、文化的価値のある城なら壊すのは諦めるわ」

「……基準がわからねぇ……まあとにかく攻める時にはちゃんと俺も交ぜてくれよ。それまでここで休んでるわ」

「了～解」

牢屋としては最高の石のベッドにごろりと寝転がるニックさんが手を振る。

そして私は階段を上り、その場からまた一つの牢を眺める。

牢の前に膝《ひざ》を抱えて座り込んだチェン。私には気づかない。

……まあ、チェンのこの様子じゃジーン王子はまだ寝てるんだわね。

でもまあ優しくしてやる義理はない！

一応まだ怒っているからね！　私！

……まあ、私以上に怒っているのがうちの連中だから、ジーン王子の安全確保のためにも牢に入れられたんだけどね。だからニックさんと階が違う。

チェンを尻目にまた階段を上り、外に出た。

ら、牢の出入口から離れた所に頬を腫らしたアンディがいた。

ビクッとしてしまった。

キス擬《もど》きの瞬間を思い出してしまい、なかなか近づけない。

恥ずかしいんじゃない。

……怖い。

「ニックさんは？」

いつも穏やかな顔のアンディに表情がない。頬が痛くてそうなのだろう。

だって、声はいつも通りだ……

「で、出番が来るまで休んでるって」

ギャーッ！　噛んでしまった！

無駄に緊張している事をアンディに気付かれた。アンディの目が少し細まる。

……うぅ……

「そっか……悪いことしちゃったな」

何も悪くないよ、アンディは何も悪くない。

声にできず、首を横に振るしかできなかった。

悪いのは隙のあった私。

結局は未遂だったけど、アンディ以外の男性をあんな距離まで許してしまった。

他の事で気をまぎらわせようとウロチョロしてたけど、アンディと向き合ってしまえば、逃げられない。

婚約者なのに。

今はどうやってそばにいればいいか、わからない。

「……お嬢？」

様子のおかしい私を気遣ってか、アンディはことさらにゆっくりと寄って来た。

直視できない。目線が下がる。

そばにいたい。でも逃げたい。……貴方に嫌われるのが何より怖い。

「……手を、いい？」

ゆっくりと片膝をついたアンディが微笑《ほほえ》んで見上げてくる。

？　何でそんな事を言うの？

「お嬢……僕は君にそんな顔をさせる不甲斐ない男だけど……君の手に触れる事を許してくれる？」

一瞬で涙が溢《あふ》れた。

今まで当たり前に繋《つな》いでいた手を躊躇《ためら》わせる私の方が不甲斐ないよ。そう言いたくて、でも口が震えて言葉にできなくて、やっぱり首を横に振るだけに。

それでも左手を、アンディの差し出してくれた右手に乗せた。

きゅっと握られた手に、ぼやけた視界でもアンディが笑ったのがわかった。

「愛しているよ」

!!

「……と言うには僕はまだ幼い。だけど、もう僕の心はお嬢にしか向いていない。それをどうやって証明したらお嬢は安心できるかな」

触れた手が熱い。

愛してると言われ、嬉しくて体中が熱くなる。それをどう言葉にすればいいのだろう。

嬉しくて胸がいっぱいだ。アンディありがと。

「と、考えても思い付かなかったから刷り込む事にした」

へ？　……擦り込む？

アンディが私の薬指に唇をつけた。

は、…………………はあああああっ!?

驚きで逃げようとした手は手首をガッツリ捕まえられた。

そして、離れた唇がまた手に触れる。

柔らかい。

！　ぎゃあああっ!?　そうじゃなくて！

さっきのさっきにアンディの唇に触れた親指の感覚がおかしくなってきた。忘れたつもりだったのに～！　心臓がそこにあるみたいに手がドクドクしている。顔もドクドクしている。

アンディの口づけはまだ続く。

手の甲、指、そして手のひら。隙間なく。

は！　恥ずかしい！　柔らかい！　これは恥ずかしいぃぃぃぃぃ！

羞恥《しゅうち》で力が抜ける。その場にヘタリこんでしまった。

まだ手は離されない。

でも、唇は離れた。

「覚えた？」

穏やかな声がする。

な、何でこんな事して、そんな普通な声なの？　やっぱりタラシなんだ！　きっとそうだ！

「ふむ……もっとか」

「お、覚えたーっ！　覚えたから！」

涙は止まったけど視界はグラグラしてる。頭もグラグラしてるし声は裏返る。……つい返したけど「覚えた」って何～？

「本当？」

アンディが覗《のぞ》きこんでくる。

「ほ、本当！　本当に！　覚えた！」

嘘です！　わからないけど！

ひぃぃ！　近い！　近いよ！

待って！　恥ずかしい！

「僕の口、覚えた？」

僕の口～!?

思わずアンディの唇を見てしまい、慌てて目を逸《そ》らす。
ぼ！　僕の口ってぇぇぇぇっ！
まだ捕まったままの腕がドス赤い。手首を掴《つか》むアンディの手がやたらに白く見える。
だけど。
アンディの手も熱い。
左手がフワフワしている。
私の頭の中もフワフワしている。あああぁぁ……
「これから誰が触れても、左手の感触を思い出してね？」
そして、とどめとばかりに手の甲にまた口づけた。
何なのこの子ぉぉぉ！　年下じゃないのぉぉぉ？
手から離れてはにかむアンディ。
その顔反則だからねぇぇ……

そしてドス赤いまま、私は気を失ったのだった。

アーライル国とハスブナル国は、いくつかある大陸の中でも一番大きな大陸の中にある。

陸続きとはいえ目的地のハスブナル国までの間にたくさんの大小様々な国があり、それだけたくさんの関所がある。

転移魔法が使える、他国にもわりと有名な我がアーライル国の大魔法使いエンプツィー様が、そうした国々から関所通過可の証明書をもらって来た。

あざーす。

昨日の火の玉は当然、ハスブナル国からアーライル国までの国々でも目撃されながら空を飛んで来た。

アーライル国に近い国々は迅速に情報を得られたが、ハスブナル国に近い国は大混乱。エンプツィー様はそこの国の使者たちに泣きつかれてそれを引き離すのが大変だったそうだ。

お疲れさまでーす。あざーす。

そんな中、エリザベス姫の母親、二の側妃オリビア様の国オルストロ国は比較的冷静で、兵力支援を申し出てくれたそうだ。さすがハスブナルの元属国だけあってハスブナルへの対応が早い。

ありがたい。

でも準備だけで終わらせますからね～。

今回はアーライルVSハスブナルのタイマン勝負なんで。

オルストロ国の隣はハスブナル国の属国なので、そこからは許可はなし。とりあえずオルストロ国が最初の転移場所に。

《今度は寝過ごさぬぞ！》

オルストロ国の国境沿いにて、フンスー！　と鼻息の荒い白虎《びゃっこ》の尻尾はピンと立っている。

……猫なら尻尾がピンと立っている時は機嫌が良い時だったと思うけど、虎はどうなんだろう？

……あまりはしゃがれるのもなぁ。まいっか。

白虎を頼むね、とお願いしたシロウとクロウは一つ間《ま》をあけてから《おぅ》と言った。

……なにその間《ま》。頼むよマジで！

「早すぎないか……？」

国王が呆然としている。まあ、昨日の今日でもうオルストロ国だからね、呆然ともするか。

目の前の国境線付近には現在わたわたしながらハスブナル国の属国の兵士が集まって来ている。列を作る余裕もないようで、なんだか逆に悪い気がするけど、まいっか。

ビアンカ様の名言「大将はどんと構えてとどめ係！」の下《もと》、国王を担ぎ大急ぎで準備を整えた。

主にうちの連中が戦闘部門を引き受けたので、騎士や兵士の召集時間が消滅。ただし、近衛とハーメルス団長は付いて来た。フットワークが軽くていいね！

宰相様が事前にコツコツとしていた手続きのおかげでエンプツィー様の通行証確保が速かった。やっぱ宰相様ってすごい人だ。今回は留守番だけど、普通の戦争なら軍師役だよなー。

学園長含む魔法担当教師たち、魔法使いの協力確保。合宿組生徒は危ないから留守番。

青龍はミシルに付いているし、白虎は張り切っている。さすがに亀様本体は領地から動かないけど、地面がある限り亀様はどこでも力を使える。

……と、私の気絶中に全ての準備は整ってた。

わお。

アンディに抱っこされて目覚めて、びっくりして色々と慌てたけど……いつもの、アンディに安心した。歯は良いと言われたので、頰だけ治癒。

そして抱きついて充電。「ついて行くのに」って笑って抱きしめられた。

……うぅっ！

今回の最重要目標は朱雀の救出。

やっと、村長を連れて来られた。

「お世話になります」

「こっちもわりとあてにしてるから」

にこやかに握手を交わす。お待たせ村長。

「お嬢〜、何だか飛んで来たぜ〜」

騎馬の民バジアルさんが望遠鏡を覗きながら教えてくれたけど、同じ望遠鏡を使っても私の目にはさっぱり見えない。飛んで来たって事は鳥系か。

「ハスブナル国方面からだけですね」

同じくザンドルさんも望遠鏡で四方を見ながら教えてくれる。二人が言うならそうなのだ。騎馬の民の視力ってどんだけよ。

「具体的な何が飛んで来てるかはわかる？」

二人が、う～んと唸って望遠鏡を構えた十秒後、

「「黒光りする骨、ですね（だな）」」

「何だ、不味《まず》そうだな」

だからラージスさん、私そんなに何でも食べるわけじゃ……食べるな、うん。ただの骨なら出汁《だし》くらいはと思ったしね。

でも、黒光りする骨か～。普通に鳥の形や中型飛翔系魔物、ハーピーとかどこか人が混ざった魔物も骨だけになってるようだ。

……そんな出汁、嫌だな。

「どうするよ？」

「アンデッドなら少し厄介だな。聖水が間に合わないかもしれない」

うずうずとするニックさんに、少し難しげに答えるルイスさん。

「お嬢たちにはなるべく魔力を温存して欲しいからな～」

「んじゃ残りは力づくで時間稼ぎだな！」

まぁそうなんだけどと呆れるルイスさんを置き去りに、ニックさんはザンドルさんたち騎馬の民のもとへ移動。
そこへシロウとクロウも歩いて行く。
《風の流れは任せろ》
《おい！　それは我がやるぞ！》
騎馬の民に向かってシロウがそう言うと、白虎が割り込んだ。
《白虎よ。白虎は白虎の役があるだろう》
クロウが嗜《たしな》めるけど、白虎は前足でぺしんぺしんと地団駄を踏む。可愛い。
《わーれーがーやるのだー！》
シロクロが困って私を見る。まだシロウとクロウに白虎の力が少し入っているけど、白虎は十分に白虎としての力を戻した。この程度で揺らぐ魔力ではないがどうする？　と二頭からテレパスが届く。
「白虎」
私の呼び掛けに元気に《ん？》と振り返る白虎。
「シロウとクロウに頼んだ事をキチッとやるなら代わっても良いわよ。ただし、作戦を無視して勝手に動いたら、アンタの尻尾の毛まで使って歯ブラシを作ってやるからね？」
にっこり言ってやると、ビシッとお座りの格好になる。毛が逆立ち、ひげもピンとなった。

《こ！　こここここは白狼《シロウ》と黒狼《クロウ》の割り当てだったな！　我は先に言われた事をすることにするぞっ！　姉上っ！》

……よし。

何やらニックさんをそわそわと見ていたハーメルス団長も直立している。なんで？　団長は近衛と一緒に国王から離れないのが仕事だよ。

さて。ここで頑張ってもらうのは狩猟班と騎馬の民の弓部隊。戦闘特化した人たちとはいえ、さすがにやっと黒い線に見えるようになった空飛ぶ魔物群に矢を当てられるわけがない。風の魔物のシロウとクロウにフォローを頼むことに。

ここでシロクロを前に出さないのは、後で彼らの魔力も必要になるかもしれないから。そして戦闘班がギラギラしてるから。

……うん、行けそうな所までよろしく……

ルイスさんの号令で弓隊が構える。その矢には聖水を浸してある。私の気絶中にミシルが渾身の祈りを込めた超聖水。

「射てーっ！」

ニックさんの号令で一斉に矢が飛んでいく。シロクロの風に乗って遠く、速く、さらに強く。

放った矢群は光をまとい、黒い線のほんの一角を吹っ飛ばした。

……わあ……矢の数より多く吹っ飛んだね……

「「「何あれ！　カッコイイ!!」」」

うわ、戦闘班がキラキラした。

構えーっ、射てーっ！

構えーっ、射てーっ！

どんどん行けーっ、オオオーッ!!　ヒャッハーッ!!

……おい。

シロクロの尻尾がゆっくり動く。ふさり、ふさり。

《ミシルの聖水の威力があるとはいえ、》

《ここまでとは思わなんだ……》

シロクロがたそがれている。どうやら想定していたよりフォロー用の魔力消費が少なく、そして威力が想定を上回るものだったらしい。

エンプツィー様も呆気にとられた様子。

……まあ、楽できるなら良い、のか？

「よし。苦しまずに昇天させられた」

望遠鏡を覗いていたミシルがホッとしたように言う。

何度も向かって来る怨嗟《えんさ》は辛い。

死ぬまで苦しんで、死んでも苦しんで、呪いを解かれるのにも苦しむ。

ミシルの目は真っ直ぐ、力に満ちていた。

さて、向こうが動いたのならこちらも動くか～。

大人しく控えていたタツノオトシゴが今まで以上に巨大化。そして皆を乗せて悠然と空を飛ぶ。

ハスブナル属国の国境沿いで私らを阻もうとしていた兵士たちは、隊列を整える事なくほぼ腰を抜かした。

「こっちに手を出さないならお宅の国に影響ないようにするから、大人しくしててね～」

返事を聞かずに進んだ。

邪魔しないでよー。


青龍の頭の辺りに陣取った弓隊は、ヒャッハーッ！　と叫びながら前方の魔物を消滅させていく。

その様子に、近衛に守られている国王は遠い目をし、団長は白虎とうずうずしている。

エンプツィー様、学園長以下魔法使いは地下の魔法陣解読に備えてもらうため、弓隊の方に行けないように近衛の何人かに押さえてもらった。

矢が尽きると共に綺麗に青空が見えるようになる頃、ハスブナル国の国境が見えた。そして亀様、白虎&シロクロが打ち合わせの場所へ移動する。

「何、あれ……」

前方には地表から黒い靄《もや》が発生した風景が。

ミシルが思わず呟いた疑問に、私は答える気が起きなかった。

「何なのあれっ!?」

ミシルが悲鳴じみた声をあげる。

黒い靄は静かに蠢《うごめ》いていた。国と思われる広い範囲を覆いながら。

「どれだけ……」

国王の愕然《がくぜん》とした震える声が聞こえた。

「こうやって見ると、俺ら無事に帰れて良かったな?」

「まったくだ」

潜入してもらったヤンさんが軽い調子で言うと、バジアルさんが笑って返す。そんな二人にも冷や汗が流れている。

「……何だこれは!?」

後ろからジーン王子の掠れた声がした。チェンは声もない。

「こんなに濃いのは初めて見ました」

人質扱いのジーン王子に見張りとして付いていた村長も声が震えてる。

ん? 濃い?

「戦場ならこんな感じですよ。向こうが見えない事はありませんが」

クラウスが教えてくれた。

……なるほど。

「……嫌だ、嫌だ！　嫌だ嫌だ嫌だ!!」

後ろ手に縛られたジーン王子が跪《ひざまず》く。

「どこまで！　あの爺《ジジイ》どこまで腐ってるんだ!!　国王じゃないのか？　自国民を何だと思ってんだ!?　何で俺はあの爺の居場所がわからないんだ!?　何で！　アイツの前だと体が震えて動かなくなるんだ……！」

叫ぶジーン王子に同じく縛られたチェンが寄り添う。

「こんなになってるなんて……もう……俺には、もう……！」

ジーン王子の強く閉じたまぶたから涙が流れる。チェンは歯をくいしばっている。

その二人に村長がそっと手を置いた。

「俺は、ざっくりとしか君たちの事を聞いてないのだけど、君たちがどんな風に考えていたか教えてもらえるかい？　この状況をどうにかする何かがあるかもしれない」

穏やかな村長の声をしっかり聞き取ったのだろう。ジーン王子は体を起こした。顔は下を向いたまま。

「……ハスブナル国王が、さらに四神を手に入れるためにアーライル国に目をつけた。俺たちはその駒になるまで、ハスブナルがどれだけ危ういか知らなかった」

爺に拐《かどわ》かされ、初めて入った城内ですれ違った人間は片方の指で足りるだけ。平民ですら気づく、不自然にがらんとした城内の理由は奴隷や罪人の他に臣下も手にかけたから。そして国民から魔法使いを狩り、一般人から生命力を奪う。

「王太子から聞いた話だ。……爺は、親父《おやじ》を憑代《よりしろ》に若返りをしようとしている。それは捕らえたと噂のある朱雀だけでは足りないらしい。どういう仕組みでそんな考えになったかは親父もわからない。それを知ってから何度も自殺しようとして、その度に阻まれたらしい……そうしているうちに爺は、第二の憑代として俺を見つけた」

血が濃い方が移りやすいため、憑代の第一候補は王太子のまま。

「親父《王太子》は、俺のために死ぬことができなくなった」

兄や姉たちの変わり果てた姿を見て、逃がしたはずの弟や妹の変わり果てた姿を見て、さらに息子を盾にされた王太子。

息子を生かすために自身にできるあらゆる策を講じた結果、アーライル国へ行き、ハスブナル国を攻めてもらう判断をした。

「アーライル国の情報は奴隷売買で得ることができていた。騎士団の評判、大魔法使い。十分な戦力だ。そして最近では公式発表をしていないが四神が二体もいるとそこかしこでの話があった。親父からは、泣きつけという指示だった」

「ならなぜ、あんなに横柄な態度を？」

アンディが静かに聞く。

「喧嘩腰の方が早く事が進むと思ったんだ。……それに、」

「……それに？」

ジーン王子が、ぼたぼたと涙をこぼした。

「上手くいって俺が生き残ったとして、あの爺の血を継ぐ俺がいつまで正気かなんてわからない！　もし、もしもチェンを手にかける事があったら……ハスブナル王家など、親父も含め皆一緒に殺されれば良い……！」

「……ジーン！　……なんて事を……」

チェンが真っ青になってジーン王子を凝視。そんなチェンに微笑むジーン王子。

「エリザベス姫は想像以上に我慢強かった。もっと早くに兄弟か親に泣きつくと思ってたのに、淑女ってのを侮《あなど》った。剣はシュナイルには敵《かな》わないし、ルーベンスには逆らえない感じだし、アンドレイも紳士だし、王家相手にはどんなに素行が悪くても相手にされず、早々に手詰まりだった」

参ったと小さく笑う。

「ミシルの回復魔法が……チェンの両親のものに似てたんだ。だからつい近寄ってしまったが、なぜかドロードラングが釣れた」

王家にしか注意していなかったため、学園内を改めて観察してみることに。

「そして、あの火の玉が飛んで来た時。中心にいたのはサレスティア・ドロードラングだった」

恐ろしくて何もできず腰を抜かすほどだった自分のそばで「ぶっ飛ばす」と笑った。

そして宣言通りに火の玉を消し去った。

四神並の脅威。

だからドロードラングをどうにかすればハスブナル国を潰せると思った。

「……ったく、そんな事であんな大騒ぎを起こしたのか。お前何かやらかすならもっと考えろ！　こっちの寿命が縮まったわっ！」

うちの国王の泣き言にポカンとするジーン王子。いやいや、国王の言い方よ。

ハッとしたジーンが国王を睨《にら》む。

「な、泣きついて無理矢理あんな恐ろしい物の相手をさせるより怒らせた方がいいだろう!?　そんな事って言うな！　俺には力もなけりゃあ考える頭もねぇんだよっ！」

「だったら再教育だ！　留学のついでに帝王学も叩き込んでやる。腕っぷしはとりあえず置いて、ルーベンスの下でチェン共々学べ」

びっくりした。クラウスまで目が丸くなっている。そんな周りの様子に気づいた国王はふて腐れた。

「国を維持するのも重労働だが復興はそれ以上だ。さっき聞いた話ではハスブナルは随分と人手が足りないようだからな、だったら勝手に死ぬな、十分に復興させてから死ね。それが王家に連なる者の責任だ」

　ジーン王子の口が真一文字になった。その目は国王を見つめたまま。

「血が繋がっているから何だ。国の祖などどこの国も蛮族だ。そしてそこのドロードラングを見ろ！　両親は見事な犯罪者だが、本人は有能で小生意気な魔法も使える小娘だ。血縁関係はお前と大して変わらん。為政に血など関係ないが、お前が糞王の孫だっていうなら遠慮も要《い》らんからな、存分にアーライル国で鍛えてやる」

　まだポカンとした顔のチェンが、ジーン王子と国王を交互に見やる。

「うちが勝つからな。敗戦国にはこちらの言い分を全て聞いてもらうぞ」

　ニヤリ。

　アンディが困った顔をしたが、私も呆れた。

　わざとらしく大きなため息をついたのはハーメルス団長。

「はぁ、子供相手に大人気ない……」

「うるさいぞヒューゴー。お前こそ出発前に白虎と共にソワソワしていただろうが。どこのデカい子供かと思ったわ」

「ぐっ、だいたい勝負すんのはお嬢たちでしょうよ。今回あんたはお飾り！」

「わかってるわそんな事！　だがお飾りだろうが大将は俺だ。指示は一つ、勝って俺にとどめを刺させろ」

エンプツィー様が噴いた。それに続いて皆が小さく笑いだす。

村長がジーン王子とチェンの肩にポンと手を置く。

「君たちの希望通りに元には戻らないかもしれないが、これから君たちは誰かの希望にならないといけないみたいだね。さあ、落ち込んでも腹は減る。人生は案外と忙しいよ？　まあまずは一緒に生き残ろうか」

日に焼けた村長の、皺《しわ》が刻まれた笑顔が眩《まぶ》しい。

ふと、空気が冷えた。

【ふははは　塵《ちり》共よ　四神と共に朕《わし》の糧《かて》に成るがいい】

底冷えのする声が空間を震わす。気味の悪い振動。

前方の黒い靄が舞い上がり、中空に人の顔を形作る。それは髑髏《どくろ》のような顔となり、その真っ黒い眼窩《がんか》の奥の赤い光が私らを見た。

悪意の塊《かたまり》。

ちょっと目にしただけで寒気がする。なんておどろおどろしい。

【青龍　白虎　ふふははは　玄武まで居るとは　ふはははは】

爺……とジーン王子が呟く。

あれがハスブナル国王……うん。

「竜巻」

私の手から放たれた細い細い風魔法が髑髏の鼻部分に綺麗《きれい》な丸い穴を空けた。

皆が私を見た。

「あーっはっはっはあっ！　塵の塊が間抜け面晒《づらさら》して何をほざいてやがる！　青龍も白虎も亀様もあんたにはやらないし、朱雀はこっちがもらう！　私の総取りだ！」

怖くないわけじゃない。こんな巨大な悪意なんて大声を出したって足が震える。

だけど。

私は一人じゃないし、それが領地の平和を脅《おびや》かすならば取り除く！

穴空き髑髏に人指し指をつきつける。

「こんだけの人を巻き込んで嗤《わら》う奴が、綺麗に成仏できると思うなよっ！」

どっちが悪役だよ、ってうるさいよマーク！

おまけSS①　アンドレイの願い

真っ赤な顔で気を失ったサレスティアを抱きとめるアンドレイ。

眉間《みけん》にしわが寄っていない事を確認して、小さくホッと息をつく。

《一大事か？》

亀様がそっと窺《うかが》う。

先ほどのジーンの無礼の時のように、即ドロードラング領民に伝えずアンドレイに確認したことに信頼を感じる。

「ある意味そうなんですけど……ちゃんと伝わったかな……？」

アンドレイの心には今、サレスティアが自分の手の中にある喜びと、気を失うまでのサレスティアの不安気な事への悔恨とが渦巻いていた。

婚約者ということにただ安心しきっていた。

確かに特別な関係ではある。

だが。それが役に立たない事を目の前でされた。

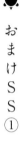

怒りのまま殴り付け、殴られて目を覚まし、サレスティアが近づくままに胸が高鳴ったが、騒動が収まった後に見せた彼女の表情に抉《えぐ》られた。

彼女は傷ついていた。

結果として最悪な事にはならなかったが、自分と目が合う度にサレスティアがビクリとする事がアンドレイは悔しかった。

それでも彼女は一人で消化しようとしている。

こんな時こそ頼られないとは。

アンドレイは力のなさに落ち込んだ。

確かに自分達は若い。何事にしても初心者だ。恋愛に限った事ではないだけに解決方法がすぐに思い付かない。

たとえ、本当に口づけられていたとしても、嫌いと言われるまでは君を全力で想う。

守れる距離にいて守れなかった僕のせいで君が傷つく事はないんだ。

こんなに愛しいと思う日が来るとは想像もしていなかったアンドレイは、サレスティアの額にかかる前髪をそっと手ですいた。

《……目を回しはしたが笑っている。アンドレイ、良くやった》

亀様の声音《こわね》は畏《おそ》れおおくもホッとする。

「僕の事では不安にさせたくありません」

《ふふ》

亀様のお墨付きをもらえてほんの少し安心する。ほんの少し。

目覚めたサレスティアの様子を見なければ真の安心はない。

無防備なサレスティアをこれからも近くで見つめたい。

「……可愛いなぁ」

「そうか？」

背後からヤンの声が掛かった。気配は感じていたので驚きはない。

「ヤンさんありがとうございました。どうにか信用してもらえたみたいです。あと、お嬢はどんな顔でも可愛いです」

アンドレイのきりっとした言い切りに、ヤンは顔をそむけて口を片手で覆《おお》う。

「くっ……お嬢馬鹿はクラウスさんかカシーナかと思ってたらお前の方がひどいな。ははっ」

「褒《ほ》め言葉です」

言葉は雑だが態度は柔らかい。何だかんだとドロードラング領民からのアンドレイへの信頼は絶大だ。

だからニックは大人しく牢に入っている。

そして、アンドレイのドロードラング領民への信頼も絶大である。

アンドレイはこの状況をどうしたらよいか、まずはお付き達に聞いた。アンドレイとさして変わらぬ年齢の彼らは、申し訳なさそうにわからないと正直に答えた。サレスティアが彼らの知る令嬢の枠から大きく外れている事も原因だった。

困ったアンドレイはそこに丁度現れたヤンに即相談していたのだった。

「お嬢のあの様子なら上手《うま》くいったと思うわ。ま、あんまり押しすぎても逆効果になりそうだから少しは抑えろよ？」

「はい。気をつけます」

愛を囁《ささや》きながら左手に口づける。

ヤンがそれでダジルイをオトしたとの説明に、それしかないとアンドレイは迷わず実践することに決めた。

本当は口づけをしたい。

サレスティアからの自分への好意は、以前よりずっと強く感じるようになった。

だけど。

口づけに近い事をしたのに、いつもと変わらない様子だった。それでジーンとの事はそれほど気にしてはいないのかと安心した時にビクリとされたのだ。

自分が安心したいからと、サレスティアに迫るのは躊躇《ためら》われた。

アンドレイは加減がわからなかった。

だが失敗できない重圧《プレッシャー》があった。

手に……

ヤンの案は福音だと思った。

――アンディって呼ぶね！

愛称で呼ばれた時の衝撃。

踏み込まれる事を無意識に許した。

その無意識は、妹のレリィスアにも許さなかったのに。

尊敬する兄姉にも許さなかったのに。

それが王族たる自身の矜持《きょうじ》だったのに。

サレスティアのそばは心地《ここちよ》好い。

四神付きだろうが、領地第一だろうが、時に誰にでも無礼だろうが、あの路地裏での光は今も陰りがない。

いつから愛しいのか。

遡《さかのぼ》れば路地裏に辿《たど》り着く。

それが違うのはわかっている。あの時は友情すらなかった。

花束は純粋に嬉しかった。

初めてドロードラング領に行った時？

確かに驚きの連続で、あの時に心の箍《たが》は弛《ゆる》んだ。

入学祝いに栞《しおり》を渡した時だろうか。

あの時のサレスティアの嬉しそうな顔は、とても、とても可愛いと思った。

アンドレイへ手を伸ばす仕草、アンドレイが差し出した手へその手を重ねる時のはにかんだ表情、嬉しくて赤くなる時、どれも隣で見ていたい。

誰にも譲りたくない。

奪われたくない。

いつかい、いつからなどもはや意味はない。

願わくば、自分の生が終わるまではサレスティアのそばに。

ただその隣に。

アンドレイはサレスティアの寝顔を見ながら願った。

二一話　朱雀です。

【　塵が騒いだところで　何もできぬわ　ふふははは　】

じりじりと髑髏に空いた穴はふさがり、また得意気に喋《しゃべ》りだす。

そして、にゅぅぅ……ポン、にゅぅぅ……ポンとねっとりした感じで、黒い靄から黒光りする骨がまたたくさん飛び出す。

「ありゃ、矢が足りないな」

ルイスさんが前方を睨みつけながら言った。

「良《い》いじゃねぇか。剣が届く所まで来たら叩《たた》き落としゃあよ」

同じくニックさんも目をギラギラさせながら言う。その肩には自分の身長と同じほどの大剣を担いでいる。

どんな武器だよ。剣の形した鈍器だろソレ。

初めて見た時は呆れ、驚いた。

「出た。毎回言うけどね、誰もが自分と同じだけの力《パワー》を持ってると思わないでよ」

「んじゃあ今度はお前が見学な！」

声だけ呆れるルイスさんにニックさんがやっぱり楽し気に返す。

「お嬢、雑魚《ざこ》は任せろ！　予定通りさっさと本丸吹っ飛ばせ！」

ニックさんがスケボーに乗って青龍の背から飛び出して行く。

はい。シロクロ&白虎監修の下、空まで自在に飛べるスケボーになりました。領では私のだけだったのに……

シロクロの魔力を重ね掛けして、本人の血をプラス。気絶しても板から落ちない仕様。そして気絶するような事があったら亀様転移。

そしてニックさんに続き、ラージスさんたちも各々武器を片手にスケボーで飛び出す。もちろん騎馬の民もスケボーを使う。嬉々として飛び出して行く戦闘班を見送る。

「見学って、そうもいかないっつーの」

そう言うと、ルイスさんはおもむろに三十センチの高さの壺を出し、それに一メートルくらいの真っ直ぐな竹ひごをごっそりと突っ込んだ。竹ひごには風魔法が掛かっている。さらに、ちゃぽんと音がしたので壺には液体が入っているようだ。

「俺らは魔力がないけど、シロウとクロウの風魔法とミシルの聖水のお陰でこんなんでも武器になる。聖水が残ってて良かった」

矢じりも矢羽もない、竹ぐしのようなただ細い棒を弓に添わせると、ルイスさんはあっという間に射った。それは戦闘班を大きく迂回《うかい》してこちらに向かって来ていた魔物を貫いて昇天させた。

……まじか！

「ほお！　やっぱダルトリー領の竹は使えるなぁ！」

ルイスさん、そういう問題……？

いやうん、ギラギラしてるなぁ……

「んじゃお嬢、こっちは任せて行ってらっしゃいよ。そんでカシーナに無事な姿を早く見せてやって」

こんな時でも変わらないルイスさんのニカッとした笑顔にＯＫと親指を立てる。

「あんな生き生きしてるニックさんたち初めて見るや……」

「そうね、こんなに賑やかになるとは思ってなかったわ……」

マークとルルーが呟く。呆れてるけれどその目はキラキラしてる。武《ぶ》の師匠が生き生きしてると嬉しいのかなぁ。私にはよくわからんけど。

「ドロードラングの人たちって、なんか、すごいね……」

本当だねミシル。……いや私のせいじゃないから、彼ら元々ああだからね!?

でもまあこっちは大丈夫そうだから、いっちょ行ってきますか。

「よし！　ルルー、ミシルの事よろしくね！」

「お任せ下さい」

「ミシル、浄化を頼むね！」

「うん！　頑張る！」

「クラウス、マーク、行こう！」

「「了解！　」」

アンディに手を伸ばす。

「アンディはまだ空飛ぶスケボーに慣れてないから、私と手を繋いでね？」

「うん」

アンディだってスケボーには慣れてるしもう簡単に落ちない仕様だけど、空を飛ぶのはまた違うので手をしっかり握る。

そして一斉に飛び出した。

【無駄無駄　ふはは　お前たちなどに何ができる　ふふふはは】

何ができるって？　できる事をやりに来たんだよッ!!

目指すはハスブナル城。

その地下！　朱雀！

ぞぞぞぞと黒い靄が地上から髑髏顔に集まる。

【はははは　朕《わし》の糧になれ】

密度を増した髑髏顔が私たちを飲み込もうと大口を開ける。

口の中は真っ黒。その漆黒の奥で何かが蠢いている。

キモッ!!

あいている手にハリセンを出すと「思いきりどうぞ」とアンディがマークのとこに移動してくれた。それを確認してからハリセンを巨大化。髑髏顔に向かって上から下に両手で振りかぶった。

魔力を込めたその風圧で、嗤《わら》いながら縦に真っ二つになる髑髏顔。

「邪・魔！」

髑髏顔が割れたついでに地上の黒い靄も割れ、その綺麗な景色の向こうの方に一際《ひときわ》大きな建物を見つけた。

赤い屋根。その建物を囲む巨大な塀に堀。

「あれがハスブナル城だね」

「思ったよりちょっと遠いっすね、クラウスさん」

「このスケボーならすぐですよ」

「よし。お嬢より、城の場所を確認！　これから破壊する！」

『こちらミシル！　了解です！　こっちも準備完了。浄化を開始します！』

『了解。朱雀を確認次第そっちに行くぞぃ』

「了解！　んじゃ私が突っ込むからクラウスたちは後ろの事をよろしく～」

速度を上げてハスブナル城を目指す。割れた靄がまたぞろりぞろりと集まり始める。

途端。光のドームが空を覆った。

【ぐはっ】

青龍、白虎、亀様を基点にした呪文強化の魔法陣に、ミシルの浄化魔法が注がれた、オリジナル浄化陣。

ぞぞぞぞぞと蠢いていた黒い靄の動きが止まった。

国ごとの浄化なんて初めての事だとエンプツィー様以下ベテラン魔法使いたちは最初は渋った。屋敷一つ浄化するとしても大変な魔力を使うし、上位魔法に区分される程度には難しい。というか浄化は適性に左右されるらしい。

だがしかし。今うちにはミシルがいる。

朱雀を助けるためにエンプツィー様のあの特訓をこなしたミシルが一番に燃えていた。そして四神のうち三体もいる。しかも頼むとあっさりと了承してくれる。

それがベテラン魔法使いたちの探求心をフッと掬《すく》ってあっという間に鷲掴《わしづか》み。おっさんたちがワクテカですよ。

で。戦力が揃ってんのに何で一個ずつ相手せにゃならんのかということで、朱雀を助けるついでにハスブナルを浄化することに。おそらく、それでハスブナル国王の能力もいくらか削《そ》ぐことができるだろうし、人がいなくなった広大な土地なんて荒れ放題になるし、いつかどこかで無用な争いの原因になる。

それに。自覚のないうちに巻き込まれて死ぬなんて。こんな無念あるか!

【ぐはあっぁ】

優しく眩しい光がじりじりと黒い靄を減らしていく。いつの間にか再生された髑髏顔はあまり薄くなってないようだが。

どれ。さっさと呪いの元に行くわよー。

黒い靄は髑髏顔の維持だけでなく、ご丁寧にも私らにも向かって来るのでハリセンでなぎ払う。

それでもうち漏らした奴らはクラウスとマークが。

「うへぇ!?　感覚があるようなないような!?」

「そうですね。変に腕に力が入ってしまいますね」

「よし、慣れて来たから二人とも僕から手を離していいよ。少しだけど浄化を付与する」

いやんもうアンディも何だかんだ色々とできる～。水系魔法が得意な人は浄化もできる確率が高い。唱えた短い呪文は初級浄化だ。でも助かる。

付与された剣で黒い靄を払ったマークとクラウスが驚いた。

「おお！」

「なるほど」

「ミシルのように完全浄化は無理だけど、お嬢、後ろは任せて。このまま行こう」

ありがと！

ぐんぐんと近づく城に向かって魔力を練り上げる。城内にいるだろう人達は亀様が何とかしてくれる。何とかできなかったら私の魔法は亀様ガードの掛かった城に弾かれる。そしたら素直に城内に飛び込んで全ての人を連れ出した後に内部から破壊。

それが朱雀の姿を確認するまでの作戦。

と、ここで亀様から連絡が入った。

《城内の人間は全て確保した》

よっしゃあ!!

スケボーの上でバッターボックスに立った野球選手のように構える。風魔法の竜巻をボール大に集約させながら城に狙いを定める。瓦屋根タイプの城は大陸では珍しいけど、ドロードラングの建築部なら資料さえ残っていれば再現できるだろうし、ハスブナル国にも大工はいる。

だから一旦破壊します!

「いっけえええっ!!」

振り抜く瞬間に風魔法が塊となってえらい勢いで飛び出していく。

ドッガアアアンッ!!

一瞬で粉々になった塀と城の上半分の瓦礫《がれき》はそのまま風に乗って、城下町を越えて遠くへ飛んで行く。ついでに周辺の黒い靄も吹っ飛ぶけどこっちは浄化されていない。

……チッ、一階部分が半分残ったか……じゃんじゃん行くよ〜!

「うらあああっ!!」

女子の掛け声じゃねぇよって、うるさいよマーク！　この方が気合いが入るの！

ドッガアアアンッ!!

ガガァアアン!!

っしゃあ！

計三回で地上部分と黒い靄もだいたい吹っ飛んで綺麗になったので地下への入口と思われる階段の近くへ降り立った。途端。

【このぉお！　塵芥《ちりあくた》の分際でェ！】

私たちの足下から黒い炎が巻き上がった。

熱い、のかもしれない。

よくわからないのは痛い方が強いから。肌がチリチリする。なんなら少し息苦しい。

三人が私にくっついてくれて衝撃が少し緩和され、わずかにホッとする。亀様ガードも万全なのに、敵もさすがだわ。

オオオオおおヴォォォォおお……

黒い炎から声が聞こえる。

……どこまで。

『お嬢!!』

「大丈夫よニックさん！　亀様が守ってくれてる！　四人で無事よ！　そっちは？」

『こっちは何て事はない！　浄化は進んでるが思ったより遅い』

「んじゃ引き続きミシルをよろしく！　もしもの時は魔力回復薬を飲ませてやって！」

『はっ、はっはっは！　それでこそお嬢だ！　こっちは任せろ！』

見上げれば、すぐそばで三人が笑う。

顔色も悪いし汗も異常にかいているのに……頼もしい。

「聞こえた？　そういうわけだからこのまま突っ込むわよ」

「まあ、動き難《にく》いなら進むしかないなぁ」

「では私が先頭になりましょう。アンドレイ様、浄化の付与をお願いできますか？」

「あまり効力がなくて申し訳ないけど掛けさせてもらうよ」

「クラウス、私が先頭になるって」

「いやクラウスになってもらうんだ。お嬢にはまだ頼らざるをえないから、少しでも温存して」

アンディが真剣に言う。

「女だからって庇《かば》えないところがお嬢だよな！」

おいマーク。

お、えっ!?

「お嬢はどんな時でも可愛いよ」

「お嬢様はどんな時でも可憐です」

……クラウスって案外乗っかるよね……

「……うん、こういう時にこの手の冗談は止《や》めるわ……」

そうしてちょうだい。地味に私もダメージ受けるから。

さて、気を取り直して一歩を踏み出す。

服や皮膚が焼けたりはしないけど、空気がひどくべったりとまとわりつく。水の中を歩いているようだ。そう思うと余計に息苦しい。

【今少し　今少しで　我が悲願をォォ　邪魔をするなァァァ！】

ぞぞぞゾゾゾゾゾぞぞ

黒い炎がうねる。圧が増す。息苦しい……だけど。

「ハアッ!!」

クラウスの剣が黒い炎を裂いた先に地下への階段を見つけた。

着いた！

途端、黒い炎は巻き上がる。ゴゴゴゴとまるで滝が逆流するような勢いで。たぶんその流れに私らも巻き込もうとしてるんだろうけど、亀様ガード発揮中！　四人で踏ん張る。

ふっと濁流が切れた。

グエェエエェェェ!!

『お嬢！　黒い靄が鳥の形になったぞぃ！』

エンプツィー様の通信に空を見上げると、尾の長い真っ黒い大きな鳥が羽ばたいていた。

腹の部分が髑髏顔になっている。

……わかりやすく笑えるほど気持ち悪い。

その思いが通じたのか、黒い巨大鳥がこちらに向かって来た。

『お嬢!!』

「ミシル、乱しちゃ駄目！　大丈夫！　慣れてるから！」

黒い鳥は、きっとハスブナル国王が想定してたものより小さいのだろう。だって髑髏顔が嗤《わら》っていない。無言で私らに向かって一直線。

すでに巨大化しているハリセンを構える。三人には地下階段へ一時的避難をしてもらう。

思いっきり振り抜いてやる！

さ、こーーい！


私が振りかぶったと同時に黒い鳥が嘴《くちばし》を開き、黒い炎を噴いた。

やば！　振り抜くタイミングが合わない！

「お嬢!!」

アンディから浄化魔法が届いた。その光が黒い炎が触れる寸前にふわりと私を包む。

よし落ち着いた。

……大丈夫、踏ん張って狙い定めて振り抜くよ！

黒い炎が髪の毛を焼く。皮膚もさっきの比じゃないくらいに熱い、痛い。空気が熱い。食いしばった歯のすき間から入った熱がのどを焼く。

それでもアンディの浄化は効いている。微かに浄化される光が見える。

オオオオおおオオオォぉぉおォ……

哭《な》いている、哭いている。そして正気に還った心が泣いている。

『何故《なにゆえ》助けてなぜ俺が助けてどうして私あの子を助けてなぜお前は助けて誰かオレガタスケテワタシナゼナゼオレワタシ……』

冷えていく、心が冷えていく。

それを留めようとするのか涙が頬を伝うけど、その熱は足りない。それは全然足りない。

炎に焼かれながら心は凍えていく。

不条理。

恐ろしいほどの量の想い。

……どれだけ。

……この何割がドロードラングに関わったもの？

私が助けられたのは、本当に両腕に抱えられるだけの人数だった事に愕然《がくぜん》とする。

ごめん。私一人じゃあなたたちを助ける事はできない。

ごめん。こんなになるまで放ってしまって。


……だから、全員助けられるようにたくさん仲間を連れて来たよ。

「お嬢っ!!」

必死に叫ぶアンディたちにニヤリとしてみせる。

重い。黒い炎が重い。だけど、動ける。……こんなの、

「……こんなの、カシーナさんの吹雪に比べりゃあ、秋の風くらいの爽やかさしかないわあああっ!!」

ハリセンを振り抜いた。今期一番の速さ！　と思ったのに吹っ飛んだ黒い炎は三分の一。それでもその分の圧が消えたので、楽！

振り抜いた勢いのままクルリとしてまた構え、

「親方たちの、目から星が飛んで絶対にたんこぶができる拳骨《げんこつ》に比べりゃあ、両足で踏ん張れる圧なんぞ何ぼのモンじゃあああいっ!!」

またも最高の振り！　残るは髑髏鳥！

【何故じゃぁ　朱雀を吸収した朕《わし》の力がぁ　効かんというのかぁ】

効いたわボケぇ……お陰で服も髪も肌もボロボロだよコノヤロウ。まあそれをご丁寧に教えてやる義理はない。ホームラン予告のようにハリセンを髑髏鳥に突き出す。

「浄化が効いてんのよ。感じないの？　さっき吹っ飛ばした黒い炎は浄化の光に焼かれたわよ」

ハスブナル国をドーム型に覆う浄化の光。こんな毒々しい奴を相手にするのにこんなにも頼もしいものがあるだろうか。

ミシルも怒っているのだろう。ドーム天井に当たった黒い炎の浄化速度がハンパない。

……後で倒れないといいけど。

【そんなものォ　微々たるものだぁ　朕《わし》の力はァ　こんなものではないぃ　大陸の覇者《はしゃ》となるものだぁ！】

髑髏鳥がまた向かって来た。

開いた嘴には牙がびっしり。背中がぞわりとする。今度は噛み砕こうってか。

巨大ハリセンが金に光る。

「そうね、あんたの力は国王としては確かなものだったわね。自国をこんなにさせたんだから」

どんだけ巨大な姿で威嚇しようと、私の後ろをあんたに晒しはしない。

「だけどそれは勘違い」

私の後ろには、私の命の限りに守るものがある。

本当なら、ハスブナル国王もそうだったはずだ。でも間違えた。

「あんたは大陸の覇者にはなれっこないっ!!」

よくよく狙いを定めてハリセンを振る。おりゃぁあああっ!!


バゴオオォォォオオオンン!!


ゴオッと唸《うな》るハリセンが髑髏鳥を捕らえた。

盛大な音はしたけど力は拮抗《きっこう》していて、お互いの動きが途中で止まる。

いや。

髑髏鳥から微《かす》かに黒い靄が抜けていく。

そして、私の足が地面にめり込んでいく。

ぐっ、また、足がはち切れそう……。

【くはっはっはぁ　お前さえぇ　消えればぁ　後はどうとでもなるぅ　死ねえええェ!】

……はあ?　……何言ってんの?

「……あんたが、相手してるのは、私じゃない……」

グェエエ!　グエエッ!　と髑髏鳥が鳴く。

嗤っている?

怒りがさらにふつふつと湧く。私さえ消えればどうとでもなる？

……馬鹿言え！

「……あんたの相手をしてんのは……私たち、だあああっ!!」

《ふ……　サレスティア、助力する》

地面にめり込んだ足から私の体を亀様の魔力が駆け巡る。それは私に力を与え、魔力の底上げをしてくれる。

ハリセンが青い炎に包まれた。

【何ィ!?】

ぐぐぐっと髑髏鳥を押す手応え。ッシャアッ！　このまま、

「行っけえええええっ!!」

振り抜いた。

グエエエェエッッ!!

空へ吹っ飛んだ髑髏鳥が浄化ドームに張りついた。感電したようにバリバリと鳴り響き、叫びを上げながらじりじりじりと小さくなっていく。

バランスを崩して仰向けに倒れこんだ私は、それを見つめた。

【朕《わし》が　こんなァ　こんなところでぇ　】

……くっ、あいつまだ動けるのか。

じたばたとする姿がだんだんと鳥の形を崩していく。だけどまだ動いている。

「お嬢！」「お嬢っ！」「お嬢様！」

三人ともちょっと煤《すす》けてるけど怪我はなさそう。アンディは私を抱き起こし覗きこみながら治癒魔法をかけてくれる。マークとクラウスはめり込んだ両足を丁寧に引き抜いてくれた。

「みんな、油断、しないで、」

治癒魔法をかけられてもまだヘロヘロだ。上手く口が動かない。

「大丈夫、しない」

アンディが微笑む隣でクラウスとマークが空と周辺を警戒している。

【　朕《わし》はァ　終わらぬゥ　】

髑髏顔がこちらを見た。ぐぐぐっと浄化の光から抜け出そうとして、さらにバリバリと音が鳴る。

「来ますよ」

クラウスが言いきりマークが構えアンディが浄化魔法を唱えた瞬間、浄化ドームから半分にちぎれた髑髏顔が迫って来た。

速い。

私はまだ立てない。亀様ガードがあるけど、素直に受けてられるか。アンディに抱えられたまま防護魔法を急いで唱える。

【ふははァ　お前の力をォ　もらうぅ！】

髑髏顔の赤い目が光る。口が開く。私らを呑《の》み込もうと迫ってくる。

アンディの服をぎゅっと摑んだ。

間に合え!!

その時、スッと私たちと髑髏顔の間に人影が入った。

スケボーに乗った二人。

嘘でしょ!?

「何してんの!?」

「村長さんが連れてけって言うもんで」

空中で停止したスケボーからヤンさんだけが飛び降りる。

残った村長は髑髏顔に向かって両手を広げた。

「ドロードラングさん！　ヤン君！　ここまでありがとうございました！　あれが朱雀を取り込んだ姿だと言うなら俺が迎えに来ないと」

「村長！　待って！　そんなの朱雀じゃないよ！　やめて！」

皆で呼んでも村長は振り向かない。

「でもあの中にあいつを感じるんです。ならやっぱり、あいつですから」

髑髏顔が村長を呑み込んだ。

瞬間。

髑髏顔が紅い炎に包まれた。

【ギャアアァぁぁああアああァッッ!!】

あの火の玉よりも紅い炎がゴゥンごぅんという音を立てて踊る。

炎が動く度に髑髏顔が削れていく。

何これ……?

【ぁぁぁァァァ……】

髑髏顔がみるみる小さくなっていく。

そして炎の中に、二人分の人影が。

《人の国がどうなろうと我自身は関わらぬつもりでいたが、シュウを害するならば話は別だ》

声が聞こえると、炎の中で人影が一人分だけ小さくなっていく。

《ハスブナルの王よ、四神の力を人は得られぬ》

【ぁ　ァァ　……】

《我の焔《ほのお》に焼かれるといい》

そして炎の中には影が一人だけ残り、それを確認したかのように宙に浮いていた炎は地面に降りるとゆっくりと消えた。

そこには火傷痕《やけどあと》一つないポカンとした村長が。

私たちと目が合うとハッとし、キョロキョロとしだした。地下への階段を見つけると駆け出す。

え、何？　え、何今の？

「アンディ、お嬢を背負え、クラウスさん先に追います！」

マークがヤンさんと共に村長を追って地下へ向かう。

「……今の、もしかして、朱雀だった？」

「みたいだね」

するりと私を背負ったアンディは体勢を整えるとクラウスに先導されて階段を下りた。

うっっ!?　改めて血臭がすごい。

思わずアンディの服を握る。クラウスですら階段を下りる速度がゆるんだ。

「大丈夫ですか？」

この先に進めばさらに匂いがひどくなるだろうからか、クラウスが心配する。

「大丈夫よ、そのために来たんだから。おぶさったままでごめんねアンディ」

「全然。君の見るものを僕も見たいから一緒に行くよ」

クラウスがふと笑い、また進む。

その部屋には何もなかった。

いや、報告通りに朱雀の檻《おり》はある。

酸化しただろう黒ずんだ血溜まりに豪奢《ごうしゃ》な椅子が一つ。

壁には三つの黒線、びっしりと文字が描かれている。

檻の前に村長が穏やかな、いとおしそうな顔でいた。

「こんな所に独りにしてごめんな……遅くなった……なのに助けてくれてありがとう……」

《ふふふ……せっかく戻って来たのだ……シュウの話を聞かぬうちに死なせるわけにはいかぬ……》

朱雀は本当に小さかった。

雀よりは鳩くらいの大きさで、魔物としてとても小さい。

《檻には触れるなよ。人なら死ぬし、魔物なら魔力を盗られて死ぬ。まったく人とはとんでもない物を創る……》

鳥としてはあり得ない、横たわった状態の朱雀は呆れたように呟いた。

村長を見つめたまま。

二人だけの時間が穏やかに流れていた。

「おお！　これはまた想像以上じゃなぁ！」

あ、エンプツィー様たちが降りてきた。

「お初にお目にかかる。ワシはアーライル国の魔法使いでリンダール・エンプツィーと申す。魔法陣の解除に来た。しばしうるさいじゃろうが勘弁してくれ」

学園長までもが挨拶《あいさつ》をそこそこにしてあっさりと血溜まりに入り、壁の魔法陣に張りつく。

そしてわやわやと始まった。

解除はオタクに任せて、アンディに檻の近くで降ろしてもらった。

うげぇ、足が……！　泥のような感触が気持ち悪いぃ……!!

「初めまして朱雀。私はアーライル国ドロードラング伯爵領当主サレスティア・ドロードラング。村長さんとの縁であなたを助けに来ました」

淑女の礼をとる。

《助け……そなた、先ほど我に一撃くれた者じゃな？　……フフッあれは効いた。おかげでシュウを守れた。こちらこそ感謝する》

「え。あの髑髏鳥が朱雀だと言うならその檻から出られるのでは？」

《そこは我も驚いた。今までシュウが近くに居たとしてもできた事はなかったのだ》

キーホルダー亀様は亀様本体にはなれないって事かな？

ん～、加護があるからというわけでもないのか……

《魔力は吸収され続けたが、ただ生きるだけのものはあった。……ひとめ会えて良かった……シュウ》

「あんたのおかげで生きてこられたんだ……その話をしに来たよ。びっくりしたよ、他の四神にも会えたんだ！」

《あぁそうだったな。久方ぶりに皆の気配を感じた……ん？》

横たわった朱雀が目線を天井に向けると、ピシッと音が。

え？

ドガアアアアアンッッ!!

天井が落ちた。

はあっ!?

音は派手だったが、瓦礫は私たちの上でふよふよとしている。

何が起きたか呆然と見ていると、賑やかな声と獣の影が。

《朱雀には日の光を当てれば良いのだ！　そうすれば元気になるだろ？　よくわからん檻など自力でどうにかするだろ！》

《白虎よ！　お主、玄武が居なければ全員生き埋めになっていたぞ！　せめて一声掛けろ！》

《……もう少し落ち着きを……》

《サリオンが居《お》らぬと落ち着きとは無縁だ……》

瓦礫がどこか外へ移動する中で青龍が白虎にツッコみ、シロクロが肩を落としている。青龍の姿が見えないから、まだミシルたちを乗せたままなのだろう。

《死にかけとるなら急いだ方が良かろう？　ほら間に合った、フガッ!?　何だこの匂いはっ!?　青龍！　洗い流してっ！》

《……ずっと漂っていたぞ……》

《青龍よ、白虎は昂《たかぶ》ると周りが見えぬ》

《主に釘を刺されてもこんなものよ……》

《……お主らも苦労するのぉ……》

……えーと……

《お！　朱雀！　朱雀か！　久しいな！　小さいな！　これが件《くだん》の檻か！　ぎゃあ!?》

《《　何故触《ふ》れるっ!?　》》

うっかりと檻に乗っかった白虎が魔力を吸われ、慌てたシロクロに体当たりで吹っ飛ばされた。

《す、済まぬな白狼《シロウ》、黒狼《クロウ》、あぁびっくりした！》

……何これ……何コント？　白虎劇場？

私、白虎にも説明したよね？　何で檻に触った？　おバカ？　おバカさんなの？

「今ので亀様たちも物理では無理なのがわかったね」

アンディの声にも力がない。脱力した上に残念なお知らせだ。

ギッと睨んだら白虎は隅の方でビシッとお座りをした。大人しくしなさいと込めた目線にコクコクと何度も頷く。よし。

《とりあえずその血を昇華させる。しばし動くな》

まだ姿の見えない青龍が水を流して血を動かす。私の膝上まで水かさは増したけど、それは見る間に透明な水になっていく。檻の中に水は入れなかったけど、中の血が檻の外へと流れ出た。檻の床面には予想通りに魔法陣があった。

ミシルの歌が聞こえる。

水が綺麗になると、空気に溶けるようにキラキラと消えた。浸したはずの靴や服も綺麗になった。

そして続々とスケボーで降りてくる戦闘班。

「村長！　お嬢！　無事で良かった……！」

ニックさんに抱えられたミシルが飛びついて来た。ふよふよと続くタツノオトシゴと共にお疲れさまと労うと、ミシルはお嬢もね！　と笑い、村長には泣きついた。

エンプツィー様たちがこちらへ来て檻を調べだした。

「ふむ。その床の陣は魔力、檻にみっちりと描かれているものは魔力と生命力吸収のためのものじゃな。壁のものはざっくり調べたところ、血による魔力増幅、憎悪を力とする呪い、それらを魔力として集め国王へと送る術式じゃった。ご丁寧に壁に彫ってある」

「という事は？」

「壁の分は血がない限り何も作用しないという結論じゃ。こちらは触れる者がどうにかなるような様子はなかった。細かく壊せば組み直す事もできんじゃろ。問題は檻じゃな。白虎も証明したが、外からの魔力も吸収する。日の光を浴びて朱雀が回復しようが、吸い取られるのは変わらん」

《そのようだ……久々の日光なのに残念だ》

「なら力ずくで壊せばいい。素手で触れば生命力が取られるんだろ？　武器があればどうだ？」

さっそく大剣を担ぐニックさん。

《立派な剣をそんな事に使うのか？》

「こういう事も想定された剣だ。気にしなくていい」

朱雀がおずおずと聞いたが、ニックさんはあっさりと構えた。

ガキィイイィンン!!

気合いを入れた一撃は金属のぶつかり合う嫌な音をたてて檻の柵の一本を曲げた。

「あれ!?　今のでこれしか折れねぇのか……ちっ、刃こぼれはすんのかよ」

ニックさんの体調は問題なさそう。ホッとしたところに鍛冶班長キム親方から通信が。

『お嬢、打ち損じた大剣と斧を送る。それで柵をいくらか曲げるくらいはできるだろ、使ってみてくれ。ニック、後で打ち直してやるから思いっきりやれ』

そうしてニックさんの足元に剣や斧が積み上がり、キム親方ありがとう！　とニックさんがまた振りかぶっては打ち付ける。

キム親方、一緒に来ていたはずなのに領に戻ってくれたんだ。

「また原始的な方法だな。一応アーライル王家の宝剣も持って来たが使うか？」

フリード国王がハーメルス団長、近衛メンバーと下りて来た。宝石が付いて何だか神々しい雰囲気の剣を見せる。

「では私がお借りします」

クラウスが受け取り、何本も剣を折り斧の柄を折って肩で息をしているニックさんと代わった。

鞘から抜いた剣はぼんやりと光った気がした。クラウスも腰を落として構える。

右上からの袈裟《けさ》斬《ぎ》りの剣筋はニックさんがベコベコにしていた柵を斬《き》った。

おお！　と歓声が上がるなか、舌打ちをするクラウス。わぁ珍しいと思ったらパキンと軽い音を立てて宝剣が折れた。

「ぎゃあっ!?」

国王の叫びを無視し、折れた剣置き場に宝剣を放り投げ次の剣を手にするクラウス。

「雑っ!?　国宝おおおっ!?」

「駄剣でしたね」

「オイイッッ!!」

「まあ、儀式用にしか使われていなかったからなぁ。そんなので、よく斬ったな！　さすが剣聖！」

のほほんと団長。

「オオオイッ!?」

「いえ、ニックが弱めていたからこんな剣でも斬れたのでしょう」

クラウスもしれっとしたものだ。

「コラァァッ!!」

「試しに、居合いでやってみないか?」

「あぁなるほど。私の居合いは我流ですが……ご協力願えますか団長様?」

「これが上手くいけばドロードラングホテルに無料《ただ》で泊まれるんだったな、やろう!」

団長とクラウスに話《つっこみ》を聞いてもらえず、とうとう四つん這いになった国王にルルーがそっとお茶を出す。うん、ルルーのお茶で癒されて。剣は新しくうちの鍛冶班長キム親方に打ってもらうから。

アンディにだけ聞こえるようにゴメンと言ったら、壊れた物は仕様がないよねと苦笑。

「子供の頃に大道芸で見て練習した技だ。檻の一つくらいはどうにかしたい」

日本刀のように曲線ではない剣なので、鞘には入れず抜き身のまま構える団長。

呼吸を調え気合いを高める。

ピシリとした空気が漂い誰もが団長に注目し息を潜める。

緊張に瞬きをした瞬間に団長の体勢が変わっていた。右腕が振り抜かれていて、そして剣が折れた。

「うわっ!?　やっちまった！」

「団長様、檻の半分が斬れましたよ。さすがです」

よくよく見れば四重になった檻の外二つ分のこちら側に切れ目が入っている。

うっそ！　それで斬れるの!?　気!?　あの有名な気なの!?　え、居合いってそういうもの!?　団長すげえっ！

団長の剣も親方に打ってもらおう！

「まぁ大道芸だしなぁ。んじゃ剣聖、やってくれ」

畏まりましたとクラウスが団長と場所を入れ替わる。クラウスの剣も抜き身のままだ。ライン取りをしてるのか、団長の切り込み跡とニックさんが凹ませた所を何度か腕を振ってなぞる。

そしてクラウスが腰を落として構えると、ゾクリとした圧を感じた。アンディも少し青ざめている。繋いだ手が震えた。ミシルは村長の後ろに隠れた。白虎もシロクロも毛が逆立っている。

クラウスはまだ動かない。その背中をじっと見てしまう。ふと、クラウスから何かが揺らめいた。

ズ……ズズズ……ズドォンンッ
何かが引きずられるような音がした瞬間、斜めに斬られた檻がずり落ちてひっくり返り、開いた。

そしてクラウスの剣も折れた。

「……あぁ、折れてしまいましたか……」

はあぁぁ……

クラウスが折れた剣を見ながら残念そうに呟くと、たぶん、クラウス以外の全員が詰めていた息を吐いた。

「見えなかった……！」

「さすが……！」

「すげえっ!!」

「こーわっ！」

「怒らせない怒らせない……」

ざわつく中、ハーメルス団長が一人拍手をする音が響く。

「見事！　俺の出番要らなかったな～、今度手合わせしてくれよ」

「ありがとうございます。団長様とニックの跡をなぞったのでできたのでしょう。さ、村長さん、朱雀を迎えにどうぞ。念のため檻には触れないように気を付けて下さいね」

ハッとした村長が檻に走る。開《あ》けた檻に触らないギリギリの所で朱雀に呼び掛ける。

「朱雀、ここまで動けるか？」

《……しばし待て》

ゆっくりと体を起こそうとするが、震えているのがここからもわかる。

頑張れ、頑張れ……

「わかった、ちょっと待て」

そう言うと村長は自分の荷物入れからロープを出し、カウボーイのように輪っか部分を振り回し投げた。それはふわりと朱雀に届く。

「体に引っ掛けてくれ、そしたら引っ張る」

横たわったまま朱雀は足だけロープをまたぎ、たすき掛けになるように胸部分でロープを羽で押さえた。少しずつ朱雀を引きずりながらロープを手繰り寄せる村長。両手を差し出した時には、涙が溢れていた。

そうっと、ロープが絡まったままの朱雀を掬い上げ、抱きしめた。

「………やっと……っ！」

《……苦労をかけた……》

村長は声を詰まらせながら、何度も何度も首を横に振った。

は～、良かった！　んじゃ、後片づけして帰ろうか～！


「え、そんな事でいいのか？」

痩《や》せこけた男がぽかんとする。

「そんな事って言うけどな、ジーンとチェン以外に今現在この国から取れる物などないだろう」

きらびやかな衣装の男が目を細める。

「取れるって、時期がきたら返すって、それ取ってないだろう？　いやだから俺の首とか」

「そんなもの馬糞《ばふん》よりも役に立ちませんよ」

「お嬢様食事時に相応《ふさわ》しくありません」

すみませんルルー！

はい。餃子パーティー再びです。今回は外で。

小籠包とか焼売《しゅうまい》とか肉まんとか点心もありまっせ～。

なぜ外かというと、使える建物は現在治療所としてハスブナル国民が満杯に入っているから。呪いで保たれていたものがなくなったので、糸が切れた人形のようになったのだ。

そんな人々のなか、今まともに動けているのは憑依されるために軟禁されていたハスブナル国のレウリィ王太子のみ。それでも激ヤセで、服が余って着せられている状態。顔は何となくジーンと似てる。

シートを敷いた所にはロイヤルな人々を優先に、ついでに私も入れてもらってます。今後の話もあるし、首脳会議？

さっきから喋っているのはハスブナル国の王太子レウリィ様と我がアーライル国王フリード様。年齢も近く、外ご飯の雰囲気のおかげか、けっこうざっくばらんに喋ってる。

エンプツィー様とハーメルス団長はガツガツ食べてる。話に交ざれや。

チェンはジーンの隣で他のメンバーに激しく緊張してるよう。ファイト。

ばふん……と呟く王太子。

首って単語も食事時には相応しくないと思うんだけど、私には厳しくない？

まあいいけど。

「とにかく今ハスブナルに必要なのは労働力です。体力つければ畑を耕せるのに、なんで首を切っちゃうんですかもったいない！」

猫の手も借りたい状況だろっつーの。そして猫の手よりも人の手だっつーの。

「もった……だから対外的に、」

「レウリィよ。ジーンにも言ったがな、責任で死のうと言うなら復興させてから死ね。何だこの状態は、お前らには死ぬほど働いてもらわねばこっちにまでツケが回ってくるだろうが」

「そうそう！　いくらか助力させていただきますけど、自国は自分たちで運営して下さい。それが一番いいんですよ。とりあえずこの餃子のアーライル国での販売独占権はドロードラングでいただきますね」

「まだ稼ぐ気か!?」

国王が目を剝《む》く。稼げるならば何でもするぜ！

「うちにはお腹をすかせた可愛い子供たちが……」

「肌がツヤツヤした無駄に元気な子供しかおらんだろうが」

「うちにはお腹をすかせたお年寄りたちが……」

「全員ピンシャンして無駄に喋りながら働いとるだろうが！」

「……何ですか、細かい男は嫌われますよ」

「国王なんぞ細かくて当然だ。特にうちの財務大臣を前に雑な勘定《かんじょう》など恐ろしくてできん！　鍛えられたわ！　ジーンよ覚悟しておけ。王などよりも力を持ってる者が臣下に多いのも安定した国になる場合がある。お前が目指すのはそこだ」

　ラトルジン侯爵のシルエットが、カドガン宰相のシルエットが、ステファニア王妃のシルエットが浮かぶ。……うん、ドロードラング《うち》もそういう信頼があるから私がこうして領地を離れて色々できるのよね、大事。

　とりあえずジーンとチェンにはまずは支える側になってもらわないと。

「まあ餃子独占権は冗談ですけど、王都でも食べられるようにはしますよ。材料は難しくないですからね。食事処《しょくじどころ》の新メニューに入れて欲しいですもん」

「……良いのか？」

　ジーンがおずおすと聞いてきた。敵国の食べ物を受け入れるのかという事？　いいですとも！食べ物に罪はない！

「美味しい物は皆で食べるともっと美味しくなるでしょ。それが安ければ最高よ！」

「ふふっ、途中まで良いこと言っていたのに。でも美味しい物が増えるのは良いことだね」

ねー！　とアンディと笑い合う。

「だが……」

何を気にしてるのか、ジーンは乗り気ではないようだ。餃子食べたいし食べさせたいんだけど！

「指導力は胃袋を摑んだ方が発揮しやすいのよ。だからって満腹にさせても駄目だけど、国民には
ひもじい思いをさせちゃ駄目。腹をすかせるってほんと頭が働かないから復興どころじゃないのよ。

これがドロードラング領持論！　せっかく留学を続けるんだからドロードラング領にも来なさいよ。

レウリィ様も一緒にいらっしゃいませ」

「俺はあまり勧めたくない」

おっと自国の王からストップが入るとは。

「何でですか？」

「魔境だからだ」

「失礼な！　ただの田舎ですよ！　おかげでどれだけ苦労したか！　褒めて下さい税金免除！」

「アーライルでの稼ぎ頭の税金を免除するわけなかろう！　褒めてやるから遊具割り引け！」

「小さい！　小さいよ！　レウリィ様、ジーン、チェン！　反面教師がここにいます！　しっかり
覚えて下さい！」

「どこまで態度がでかいのか！　お前こそ臣下として疑問だ、もっと敬え国王だぞ！　そして未来

の父だぞ！　割り引け～！」

「王は王、アンディはアンディです！　似なくて良かった！」

「どういう意味だ！　俺に似て見目《みめ》が良いだろう！」

「それこそどういう意味ですか、どう見てもマルディナ様似でしょ！　でもって見た目だけじゃないもん！　もはや父を越えた良い男ですぅ！」

「越えた!?　どこが？」

「はぁあ？　今すぐ下剋上《げこくじょう》叩き付けましょうか？　婚約破棄なんて言ったら本気でアーライル城を潰しますよ！」

「はいはい、そこまで。そんなに想ってくれて嬉しいよ、お嬢。父上も乗り過ぎです。これからも越えるべく精進します。さ、新しく焼けた餃子が来ましたよ。食べましょう」

　間にいたアンディが割って入った。

　エンプツィー様は気にせずガツガツ食べ続けてるけど、他の人はポカン顔。そうね、王様相手にこんな事ないよね。

「わっはっはっは！　賑やかだな。ほれ良い色に焼けたらしいぞ！　食《しょく》せ！」

　肌は色白、他は真っ赤なムチムチボインな女の人が両手にそれぞれ餃子の皿を持ってきた。ゆるいウェーブの髪の毛は膝まで長く紅い。同じく目も紅い。メロンくらいの大きな胸、引き締まった腰、弾力のありそうな綺麗な形のお尻を包む服も、靴までも紅い。

「ありがとう朱雀。疲れない？」

「楽しいぞ」

ふわりと笑う唇も艶やかな紅。

はい。朱雀、人間になったってよ。わお。


朱雀は檻から出た時にはもうわりと危なかったらしく、村長の腕の中でくったりとしていた。

そこに亀様が、あの火の玉から残った紅い宝石を取り出した。なんとあの扇子で火の玉から朱雀の力だけを集約させたらしい。そういう仕組みだったのか、道理で拾った宝石が亀様預かりになったわけだ。

で、その宝石が朱雀に溶け込むところを、おお不思議～とのんびり見ていたら！　朱雀が光りだして村長が巻き込まれた。

村長まで朱雀へのエネルギーになってしまうのかと焦る私たちをよそに亀様はのんびりしたものだった。

《やはりな》なんて言っちゃって。

そうしてわけのわからないまま光が収まったら、真っ赤な美人に抱きつかれた少し若返った村長が呆然としていた。

「これでずっと一緒だ」

「…………どちら様で？」

ぎぎぎぎぎと首を動かし真っ赤な美人に質問する村長。

「我の番《つがい》となったからな、死ぬまで一緒だぞシュウ！」

「……は!? 鳥だろ!? 朱雀だろ!? 何で人!? しかも美女!? うわっなんか俺若返ってるっ!?」

「今まで触る事もできんかったからな。人と成ればいつでも一緒にいられる。シュウは番が居《お》らぬようだから、我がなることにした。良かろう？」

「鳥のままで良かったんだけど……」

「それではシュウがすぐに死んでしまうではないか。そんな事は赦《ゆる》さぬ」

何の話かさっぱりわからんと亀様を見た。

《四神の中で朱雀だけが番を持つ事ができるのだ。番《つが》うと決めるとその相手に合う姿に成れる。その時に魔力の譲渡があり、相手は朱雀とほぼ同じ寿命となる。朱雀は自身としての能力は半減する》

……へぇ……

《ほぼ同じ寿命と言ってもだいたい二百年くらいだ。番う事がなければ朱雀はもっと永く生きる》

「二百年!?」

《それが過ぎればぽっくりと逝けるぞ》

それは慰めになってませんっ！

「あの、なぜ朱雀だけそういう造り？　になってるんですか？」

アンディがおずおずと手を上げる。

《ん？　朱雀の巫女《みこ》の趣味だそうだ》

趣味!?

《我らは唯一の存在だ。番う必要はない。朱雀の巫女はそれではつまらぬと、朱雀も了承した事で番機能ができた。朱雀の巫女は常々『愛だよ愛』と言っていた。我にはよくわからぬ事だったがな》

……巫女って……

でもまあ……朱雀がデレデレだから、いっか。

そんなこんなで朱雀は元気にウェイトレスの真似をしてる。

んだけど！

「……やっぱりもうちょっとどうにかならない？」

「ん？　体型か？　仕様があるまい、シュウが好きなのだ」

「ちょっと！　ちょっとちょっと！　誤解だって、こんな所でやめてくれる!?　いや嫌いじゃないけどね？　俺はほどほどで良いんです！」

朱雀と一緒に餃子を運んでくれている村長が慌てて否定する。

ふ～ん、ほどほどってどれくらいよ？　男の言うほど、ほど、ほど、って、ど、れ、く、ら、い、で、す、か？

「しかし、人の男《オス》とは女《メス》がこうであれば嬉しいのだろう？　白虎と玄武が言っておったぞ？」

……あ～あれか、雪像か……王妃様方を越えるなんて存在しえない体型だと思ってたのに……存在しちゃったな～……拝んでおこうかな、四神だし。

「わかった。後で教える」

ちょっと項垂《うなだ》れていた村長がキッパリと言った。

……どうやって？　イヤいいです！　任せた村長！

「なんか、若い村長って変な感じ……」

ミシルが不思議そうな顔をして村長を見る。そうだよね村長の見た目、三十代くらいだもんね。

前世でもじいちゃんやばあちゃんの若い頃の写真とか見ると変な感じしたもんな～。

「村長はずっと一人だったっていうから幸せになればいいな」

ニヘッと笑いながらそんな事を言うミシルはやっぱり可愛い！

そういうミシルはどうなんだろう？　……今は特にいなそうだけど、好きな人ができたら教えてくれるかな？

で。

ハスブナル国の復興計画として、呪いの浄化は終わったので地力回復と他国からの侵略を防ぐために四神結界をはる事に。これには朱雀もすんなり協力してくれた。

「シュウと出逢った地だ。それなりの思い入れはある」

朱雀にはあの檻すら残してくれと言われた。

金物《かなもの》～！　と騒ぐ鍛冶班に呆れて、最初の檻だけで良いとなったけども。檻に書き込まれたものも浄化や洗浄をしたら綺麗になった。……呪いって……。

思い入れということで地力回復も快諾。なんていうか、おおらかだよ。

対外的には、前ハスブナル国王から攻撃を受けたアーライル国がうって出て勝ったという事にした。実際そうだし、あの火の玉の目撃者は各地にたくさんいる。前国王は朱雀の力を使いきれずにおかしくなったというのも納得してもらえるだろう。

なので、亀様に地力回復はゆっくりとしてもらい、その間に各国に視察をしてもらう。ハスブナル国民の様子は絶対見てもらいたい。

それが終わったらドロードラングからの支援を開始。

ハスブナル国はアーライル国に完全降伏。

地理的に遠いので属国化は保留。賠償はアーライル国のみに行われる。その賠償の一つとしてジーン王子はアーライル国へ人質となる。

それと、アーライル国に四神が三体揃っている事が他国にバレたわけなんだけど。「身の丈に合った魔物を使役せねば自国が滅ぶと言えばよかろう」というエンプツィー様のありがたいお言葉と、「それでも武力で来るならば全力でお相手しますよ！」と笑う私に、げんなりした国王が「うん、そんな感じで対応するわ……」とこたえた。そして「頼もしいなぁ！」と笑うハーメルス団長を恨めしげに見てた。

「お前かこらあっ!!」

食事の片付けをしてる時。

ゴッ！　という音も聞こえたので何事かとそちらを見れば、王都治療院で働いているはずのリズさんがジーンに拳骨をおみまいし、同僚であるヨールさんに羽交い締めにされていた。

「落ち着けよ、お嬢が落ち着いているのにリズが騒いだら台無しだぞ。外交問題になるだろ？」

「外交が何だ！　よくもうちのお嬢をっ！」

「すまなかった」

ジーンがリズさんに向かって頭を下げた。すぐに謝られると思ってなかったのか、少しポカンとする。

「大事な領主に浅はかな真似をした。これからそれも含めて償っていく事を約束した。申し訳なかった」

チェンもジーンの隣で同じく頭を下げた。

その二人を睨んで、リズさんは私に視線をよこす。軽く頷いてみせるとヨールさんがリズさんを離した。

「……ああもう！　しっかりやんなさいよっ！」

自棄《やけ》気味にそう怒鳴ると、今度はアンディに向かってズカズカと近づく。

「アンディも！」

「はい。肝に命じます」

「次があったら私が歯ァ折ってやるからね」

「わかりました」

リズさんは眉間に皺を寄せたまま今度は私の前に。

「今度こんな事があったらアンディと一緒に一生監禁しますからね！　何の行事にも参加させませんよ！」

「ええ！　ひどい!?　まだやりたい事いっぱいあるのに！」

「だったら恥ずかしがってないでサッサとくっつけもう結婚しろっ！　もたもたしてると今度はアンディがヤられるよ！」

「え!?　ジーンに!?」

「おいっ!?」

「絶対美人に育つんだから誰とか関係ないよアンディは。その気になれば老若男女堕《お》とせるよ。だからお嬢はもっとベタベタしなさい！　隙がないくらいに！」

いやそれ恥ずかしいよっ！　初心者だから！　少しずつにして〜！

と、背中にふわりとした感触が。

「わかりました。僕からするのは我慢してましたけど、リズさんの意見も納得です。頑張ります」

アンディの声が耳元でする。気がつけば後ろから腕でがっちりホールドされてる私。……はあ!?

何これ!?　頑張るって何っ!?

「よし！」

リズさん！　よしじゃないよ〜！　ちょっと皆！　笑ってないで助けて〜！


冬のドロードラングに花が舞う。

屋敷の扉が開いて現れた白い衣装の二人にお祝いの花と言葉がかけられる。

私の隣でミシルが号泣。

「ぞんちょ〜、おめでと〜ごじゃいまふぅ。す、すじゃく〜、そんちょ〜を、よろしく、おねがい、ひましゅう」

ミシルの前に立った二人、村長は苦笑しながらミシルの頭を撫で、朱雀は笑ってミシルを抱き上げた。

ハスブナル国は少しずつ、人の回復に合わせた復興となっている。あまりに早い復興だとそれはそれで不味《まず》いという。

「たかられるのは駄目だ」

なるほど。他の国が納得しないという事ですか。

それでも畑なんかは放っておくと後で大変になっちゃうから、ドロードラングメンバーで交替で世話をした。もちろん私も入ってるし、合宿メンバーの生徒たちも手伝ってくれた。

学園は通常通りだったので休日限定だったけど、農作業だったり建築だったり看護だったりと一所懸命してくれた。

ジーンやチェンも泥だらけだ。

そしてジーンが夕日に叫ぶ。

「何も考えずに体だけ動かすってスバラシイ！」

……帝王学って大変そう……

勉強もそうだけど、領地からの手伝いメンバーからもしばらく小突かれていたジーン。まあリズさんがガッツリ拳骨したのもあり、リンチになることはなかったんだけど。

「お前がしっかりやれ」

と、皆がアンディを小突いて行くのは何なのか。

王子ですよ～！

「皆が僕にそう言うって……外堀は完璧だね」

爽やかに笑うアンディにあわあわするしかなかった私。

外堀だけじゃないよ。

と、……いつかスルッと言えたらいいなぁ。


「やっと揃った……！」

新国王となったレウリィ様はハスブナル国の記録文書を整理。

私がお城をぶっ壊したからそこから捜し纏《まと》めてやっと再編に動きだした。瓦礫除去は手伝ったから！

「魔法の概念が覆《くつがえ》るな……」

なんとアンディ以外の王族方も手伝いに来てくれた。私の農作業魔法を見たルーベンス様がそう言うと、シュナイル様、ビアンカ様、クリスティアーナ様もポカンと頷いた。

シュナイル様は力作業で、他のお三方とエリザベス姫はレウリィ王を手伝いに。レシィまでも来てくれて、ルルーたちにまざって看護をしてくれている。癒し……！　なんとなんと王妃様方も看護にまわってくれて、白衣の女神降誕。男たちの回復の速いこと速いこと。そして回復した奴らから親方たちの下で城の再建。ぶっ倒れないギリギリまでこき使ってやったわ！　うちの女神たちは高いんだよ！


とまあ忙しい日々を送り、なんとか余裕のできた冬休み。

合宿生徒たちとの約束を果すべく、冬期休業中のドロードラング領に色々招いての結婚式です。

「四神を間近で見てしかも言葉を交わすなんて有り得ないと思っていたんだ。朱雀が人間になってさらに人と結婚するなんてどうという事もない。逆にこんな貴重な瞬間に立ち会えるんだ。末代まで語り継ぐさ」

乾いた笑いでそんな風に言い切ったアイス先輩を筆頭に参列してくれた生徒たち。誰だっけ？「食べ放題」「結婚式」「デザート盛り合わせ」「丸焼き」って言ったのは。目一杯用意したからしっかり食べなさいよ～。

「新作ドレス」や「刺繍《ししゅう》」「綿レース」は朱雀のドレスを見て！　服飾班の力作だよ！

人化した朱雀を見た瞬間に服飾班全員が立ち上がってソッコー採寸が始まったからね……。その時に服飾班から朱雀に体型指導があったらしく、結果、村長からもＯＫが出た。胸で足元が見えないって事はなくなったようだけどまだナイスバディに分類される。村長はほっとしたけど、他の男たちからは魂のため息が。ふっ。ブッ飛ばすぞ。

「はぁ、村長にあんな美人が嫁に来るとは、人生何があるかわからんなぁ」

「本当にねぇ。でも村長があんな顔で笑ってるのを初めて見たわぁ。良かったんでしょ」

まったくだ！　と笑うのはミシルの村の人々。全員ご招待しました！

村長が若返った事には、あら良かったね～！　腰は大事にしろよ～！　程度の扱い。おおらか過ぎるだろ。

ミシルの村の今年の慰労会も兼ねての派手婚式です。

「まさか、本当にこんな大人数で行うとは……」

呆然とするハスブナル国王レウリィ様。ハスブナルからはレウリィ様、ジーン、チェンの三人だけ。王族の結婚式ならこんなモンでしょ？　王妃様方、侯爵夫妻、宰相夫妻、団長夫妻と王子王女婚約者様方もご招待～。きらびやかな一画！　そしてドロードラング領民全員、騎馬の国ほぼ全員、ミシルの村全村民、バンクス領、カーディフ領、ダルトリー領から領主とその家族……ちょっと多いか？　まぁいいか。ハンクさんが良いって言ったし。

冬期休業中だから他にお客さんはいないし、ホテルと屋敷の厨房フル回転で料理を出してます。最後にハンクさんが持ってくるのはウェディングケーキ！

「だから魔境と言ったろう」

料理をガン見のフリード王が失礼な事を言う。

まあ冬に外での結婚式なんてしないよね。亀様ガードで本日の空調はドロードラング領屋敷から遊園地までが常春でございます。

王族対抗雪合戦は年明け予定。

感激が少しおさまったミシルを席に戻すと、村長と朱雀はゆっくりとバージンロードを進み、亀様像の前へ。

二人は今まで私たちを手伝ってくれていた。結婚式はそのお礼なのと、これからの二人への餞《はなむけ》。

村長は見世物になるのを恥ずかしがっているけど朱雀はノリノリだ。

《新郎シュウ。新婦朱雀。二人の婚姻に誓いが要る》

「何だ玄武、縁結びもしているのか？」

《そうだ。我の縁結びは効くぞ？》

「ははっ！　頼んだ」

《新郎シュウ、前へ。健やかなる時も、病める時も、どのような時も、妻となる朱雀に愛を捧ぐことを誓うか？》

村長はちらと朱雀を振り返り、真っ直ぐ亀様像に向き直った。

「はい、誓います」

《新婦朱雀。健やかなる時も、病める時も、どのような時も、夫となるシュウに愛を捧ぐことを誓うか？》

朱雀も村長を少し振り返る。二人で小さく頷くと亀様像に向き直る。

「はい。誓います」

《二人の誓いを受け取った。今この時より、二人は夫婦となった。その命の限り、二人に幸があるように、誓いの口づけを》

向かい合った二人はしばし見つめ合う。

「まさか結婚するとはなぁ。いまだに変な感じだ」

「嫌か？」

「もう戻れないんだろ？　それに死ぬまで一緒なのは鳥でも人でも変わらないよ。これからよろしくな」

「……うむ……」

ちょっと涙ぐんだ朱雀が目を瞑《つむ》る。村長がその顎《あご》に手を添えて軽く口づけると、朱雀が目を丸くした。

「……変な感じだ」

「ふ、人ってのはこんなもんだよ。そのうち慣れるさ」

「うむ」

そうして村長が朱雀を抱き上げると歓声が上がった。村人たちの喜びが響く。そしてミシルの号泣再び。

ウェディングケーキ入刀でまた花が舞い、小虎隊のラインダンスが可愛いく始まり、クラウスとクインさんもまざった生徒たちのダンスも華やかに続く。この時にクラウスに流し目をお願いしたけども、黄色い悲鳴が上がったので上手くやってくれたんだろう。

……流し目って……

酔っぱらっていい感じに出来上がった村人たちも村の踊りを披露して、嫌がる村長をかつぎ上げて会場を練り歩いた。ミシルもそれについて歩き、ついでにシロウとクロウも何人か背中に乗せながらその後ろに続いたり。

酔っぱらった団長がクラウスに絡んで、そこから対クラウスのチャンバラ大会が始まって、結果クラウスの一人勝ちだったり。

めちゃくちゃだったけど楽しい結婚式だった！

片づけを手伝い、侍女たちと遅くに温泉に入っていると全裸の朱雀が入って来た。長い髪は器用にまとめてある。は～、綺麗だなぁ。

「あれ、初夜はどうしたんだい？」

洗濯班のケリーさん始め、おばちゃんたちがニヤニヤしながら聞くと、朱雀は肩をすくめて洗い場でかけ湯をしてから湯船に入ってきた。

「酔い潰れて寝てしまったから暇なのだ」

村長……村人たちにさんざん飲まされていたものなぁ。

生徒たちももちろん子供たちももうぐっすり寝ている。おばちゃんたちは笑った。

「風呂とは気持ちがいい。だからまた来た。それとサレスティアに用があってな」

ん？

「結婚式をありがとう。楽しかった。美しい着物《ドレス》も嬉しかった。皆もありがとう」

ずっと旅に出たかったろう二人は、あの日から今まで本当にたくさん手伝ってくれた。お礼を言うのは私たちの方だ。だいたい本人を無視してドレスを先に作り出したのはうちの服飾班だ。その出来上がっていく過程が朱雀は楽しかったようで、結婚式を実に楽しみにしてくれていた。

そうやって笑ってくれるなら派手婚にした甲斐があった。

「明日にはメルクの描いた二人の絵が出来上がるよ。ドロードラング屋敷に飾っておくから、いつでも見においで」

「サレスティアは可愛いな！」

ぎゃあああっ！　素っ裸で抱きついて来ないでぇぇ！　胸！　死！　空気！　さんそぉっ！　笑ってないで誰か助けてぇ！

「朱雀、そういう事は旦那様として下さい」

カシーナさんありがとぉぉぉ！　今日はさっさと休みなさいって言うのをはね除けて起きててくれてありがとぉ！　笑ってるけど！

「カシーナもするか？　皆にもしたい」

「お嬢様だけで私たちは満足ですよ」

ちょっとカシーナさん……？

「そうか。じゃあ、カシーナの子が産まれたらしてやるかな」

カシーナさんのほんの少し膨らんだお腹を朱雀が愛おしそうに撫でる。カシーナさんも微笑んでいる。

「朱雀も子を授かるのですか？」

「どうかな。何度か番を持ったが仔《こ》は成さなかったな」

「そうですか……では、産まれたらこの子も可愛いがってくださいね」

「うむ。楽しみだ」

こんな時に聞くのも何だけど、タイミングが取れなくてできてなかった質問をした。

「ねぇ。ハスブナルの国王は消えたの？」

カシーナさんのお腹から手を離した朱雀が湯船の縁《ふち》に腰掛ける。

「我の焔《ほのお》で焼いた。あの時の焔は浄化の焔。奴はこの世に塵も残っておらぬ」

浄化の炎で塵も残らない。あの王は、いつまでまともだったのだろう。

「だが魂の核は消えぬ。四神《われら》の怒りを受けた者は、いつか赦《ゆる》されるその日まで神のそばにある。贖《しょく》罪《ざい》が済み赦されたならば、またこの世界に戻る事もあろう」

どこに行く事もなく、ただ、そこに留まり続ける。

その時の魂に意識はあるのか。あるならば恐ろしい罰だ。

だけど。

私たちの見ることも出会うこともない遠い遠い未来に起こる生まれ変わりなんて、正直どうでもいい。

私の手の届く範囲が平穏であるなら、それでいい。

「ふふっ。強欲だなサレスティアは」

朱雀が軽やかに笑うと皆も笑った。


次の日。遅い朝食の後は日が暮れるまで遊園地で遊んだ。他にもメルクに絵を描いてもらい、クラウスに稽古をつけてもらい、親方たちに農具や木剣を作ってもらい、もふもふを堪能し、生徒たちは帰って行った。

あ、「保冷庫保管庫割引き」は、三回勝負ジャンケンに負けたテッドが、親と相談しますと一割引券を持って帰った。私に勝てば半額券だったけどね～、残念。


そのまた次の日。

村長と朱雀はミシルの村を軽やかに旅立ったそうだ。

いってらっしゃい！

おまけSS②　男湯にて

風呂場にて。

サレスティアが朱雀に抱きつかれている頃、隣の男湯では、二十人ほどが思い思いに寛《くつろ》いでいた。

「くあ〜っ！　この一時《いっとき》のために生きている！」

ざぶんと湯船に入ったニックの台詞に他の男たちが笑う。

今回の結婚式はいつもよりも招待客が多く、いつもなら片づけは次の日に持ち越すところ、数人の有志が自発的に大まかな片づけを行った。上司であるサレスティアももう寝る時間ではあったが魔法を惜しみなく使ってくれた。

とりあえず一区切りついたので、皆で風呂に入ることに。

「本当にね〜。自分が風呂好きになるなんて思ってなかったよ」

ルイスが顎まで湯につかり、しみじみと言う。

「確かになぁ。ここの風呂はいつだって透明だし、匂うけど臭くない」

元盗賊のジムもしっかりと肩までつかってる。

「そうだよな～。結構な人数で入ってんのに、でっかい街の大衆浴場みたいに臭くないんだよな～」

「お嬢が言うには下水処理と亀様のおかげだと」

村長の結婚式に参列するために来ていたヤンが、ニックの疑問に答える。

「ああ下水。フリード王が王都でも早く整備したいって言ってましたね」

「侯爵や宰相は視察の時に下水処理を一番真剣に見てましたよね」

ニックが他人事《ひとごと》のように言うと、ルイスも思い出したように続けた。

「俺はいまだに仕組みがよくわかんないッス。親方たちに言われるままに組み立てただけッスね」

「安心しろ、俺にもわからんわ」

トエルとラージスが肩を竦《すく》めた。

「ああでも、今の時期に風邪をひきにくくなった気はするな」

ラージスが何気なく口にするとジムがのって来た。

「清潔にしてると病気が減るってのは俺らが一番実感してますよ」

元盗賊たちがジムの言葉に頷く。

ドロードラング領に来た彼らがまず実感したのは、体の痒《かゆ》みがなくなった事だった。そういうものだと思っていた事がピタリと治まった。冬にも風邪をひかなくなった。怪我の治りも早くなった。

今までの自分達の生活は何だったのだろうと呆然としたものだった。

「お嬢は亀様がいるからって言いますけど、俺らはお嬢さまさまですよ」

元盗賊たちが言うとニックたちは誇らしげに笑った。

それにしても、と元盗賊の一人が発した事にほぼ全員が食いついた。

「朱雀の体、すごかったたっすね～」

「「「「　まったくな!!　」」」」

「あんな乳初めて見たわ！」「片乳で俺の両手でも余りそうだった！」「娼館でもお目にかかれないんじゃ？」「腰がキュッとなってたし！」「尻も迫力あったなぁ！」

「「「「　村長さん、羨ましい!!　」」」」

その叫びに嫁持ちたちは噴いた。

「おめぇらがそういう目で見るから、カシーナたちが指導したんじゃねぇかよ」

ニックが笑いをこらえながら言うと、ルイスもそうそうと肯定する。

「いや無理でしょ！　イヤらしい目でしか見れないでしょ！　何あのオッパイ！」「小さくなる前に一度は揉みたかった～！　それでもまだデカイ方だけど！」「だよな？　だよな！」「挟まれたい！」「いやいや俺は尻だな、乗られたい！」「あの腰をこう持ってさ～！」「ムチムチした足も良かった！」「肌も白くてな～！」「あの細っこい指でよ～！」

「「「「　はあ～夢の体～……村長羨《うらや》ますぃ!!　」」」」

ニックたちが爆笑すると、力説していた元盗賊たちも釣られて笑いだした。

そして収まった頃、ヤンが釘をさす。

「ま、独身男の妄想はここだけにしておけよ。女たちに聞かれるとお嬢に下水に流されるし、お嬢に聞かれるとクラウスさんに細切《こまぎ》れにされるからな?」

温泉につかりながら青ざめた元盗賊たちは元気に返事をし、ニックたちはそれを見てまた大笑いをしたのだった。

《登場人物紹介》＋＋＋（12才後半）

エイミー（14）、シェリル（14）……侍女科三年。合宿参加組。平民。キャシーとも仲良し。恋ばな大好き。

コニー（13）、セリア（13）……侍女科二年。合宿参加組。平民。サレスティアの女子力に苦笑い。

ラッカム先輩（13）……騎士科二年。ラッカム伯爵の次男。脳筋マッチョ。名前はそのうち出す、かも。

フィリップ・パスコー（12）……魔法科一年。パスコー伯爵の三男。反抗期なのかサレスティアに反発ばかりしてる。しかし、魔法力の差、四神つきとわかってからは少しだけ大人しい。

ジーン（18）……ハスブナル国王子としてアーライル学園に留学。とにかくお付きのチェン以外への対応がひどく、学園では孤立。年齢も偽っていた。

本音では自国の滅びを願っていたが、皆に殴られ、結果助けられた。

いつも気絶させられ、けっこう大変だったかも。贅沢史上一番殴られてる。


チェン（18）……ジーン王子の侍従。本当は従兄だが、ジーンとは兄弟として育った。兄として行動したいが大人しいので無理。でも尻拭いはさせられる貧乏くじの人。

実は体術が得意な設定だったけど、チラッとも出せず、どの女子よりも「ヒロイン」（笑）

ハスブナル国王（95？）……ハスブナル歴代国王としてごくごく普通の王だったが、戦争で負け続け、クラウスの出た戦で国力が尽きた。そして剣聖への逆恨みもあり、黒魔法に手を出す。本人は魔法の素質がないため、奴隷や犯罪者をかき集めた。そのなかで朱雀を見つけ奪い、黒魔法術者と出会うことで今回の騒ぎになった。

朱雀の炎で焼かれたので、この世界にはもう存在しない。


レウリィ（48）……ハスブナル国新王。ごくごく普通の王様。父王を見ていたからか、もはや野心はない。せめてと願ったジーンとチェンが無事に生き残ってくれたので、二人を拠り所にしている。

実はまだ気力も完全には回復せず、息抜きをさせられながら仕事をしている。

朱雀（?）……四神の一。火属性の魔物。玄武の機転により、回復ついでに人化。村長と番《つがい》となる。

ドン！　キュッ、ドン！　の体型で登場し、ドロードラング服飾班により、ボン、キュッ、ボンに修正される。

基本は性別はなく、番になると決めると相手に合わせた性となる。

人の生態をよくわかっていないので、村長はこれからちょっと苦労するかもしれない（笑）。

人化により朱雀の能力は半減するが、鳥の形態にもなれる。

村長が朱雀の能力を使える事はない。若さと寿命と回復力がおかしい事になっているだけ。合掌。

第九章　13才です。

一話　進級です。

「「「アイス先輩！　ご卒業おめでとうございます！」」」

卒業式が終わり、式場であるホールから卒業生の保護者も含めた軽食会を行う会場に移動中、騎士科の恒例行事『追い出し挨拶』が始まった。

合宿組の先輩の時には合宿組の生徒も騎士科生徒に合わせて声をあげたのでひときわ響く。

「おう。ありがとう」

苦笑した後、アイス先輩はすぐに続ける。

「何度も言うが俺の名はマイルズ・モーズレイだ。アイスは名でも家名でもない。いい加減直せよ」

「「「はい！　アイス先輩っ!!」」」

「聞けぇっ！」

騎士科の先輩方は爆笑だ。

ああ、このやり取りをもう聞けないのかぁ、やっぱりちょっと寂しいなぁ。

「マイルズは随分と後輩に慕われてるな」

騎士科卒業生の移動見届け係の私に、最後に出てきたシュナイル様が誇らしげにその様子を見ていた。

「あ、シュナイル様」

「「「シュナイル先輩！　ご卒業おめでとうございます！」」」

私の一言が聞こえたのか、くるっとシュナイル先輩に向かう後輩たち。取り残されたアイス先輩が唖然とし、それをまた先輩方は笑う。

他の科はもう先に行っている。騎士科だけの恒例行事、今年は例年になく時間が掛かっているようだ。

皆笑っている。

シュナイル先輩が私のケンカを買ってくれた時、こうなるなんて思ってなかった。……色々あったなぁ。

つ、とアイス先輩が私の前に立った。なんだか難しい顔をしてる。

「ドロードラング嬢。色々と世話になった。……が」

とアイス先輩が顔をしかめた。シュナイル様以外の先輩方も微妙な顔をして集まっていた。ん？

「これからどう接したらいいいか、迷うなぁ」

私の相手ほどなあなあになってしまうのは、まあ申し訳ないと思わなくもない。

アイス先輩たちから見れば私は後輩であり、年下の教師助手であり、成金貴族で、仕える殿下の弟君《おとうとぎみ》の婚約者で、アイスクリーム屋の長《ちょう》だ。一言でいえば面倒くさい相手。

お互いに苦笑になるのは仕方ない。

「先輩方は先輩で、私が後輩で、でお願いします」

「ならもっと後輩らしくしろ」

アイス先輩がしかめっ面になる。ほらこの柔軟さ。

「してるじゃないですか。ほら、会場の皆さんが待ちくたびれていますからさっさと移動して下さいよ」

「どこら辺が後輩だ……」

「……年齢？」

「そこを一番無視する奴が何を言う!?」

「相手を見て使い分けてますよ～」

「なお悪いわ！」

アイス先輩以外の先輩方はまたも爆笑。もう諦めろと聞こえる。他の先輩方の神妙な顔は笑いをこらえていたやつか。

「アイス先輩は自覚してるよりもはるかに面倒見が良いって自覚したらいいですよ？」

だから私のこんな態度にもつっこんでくれる。アイス呼びも本気では怒らない。

シュナイル様はアイス先輩が騎士団で成り上がるのを待つという。そうなったらきっとアーライル騎士団はより強くなる。

まあ強くなったからってそうそう他国を侵略はさせないけどねー。戦争は、攻め入らせない、起こさせない。まずは自国の安定です。それでもそんなに戦争したいなら私を倒してからやれ。

「そんなに褒めてくれるならアイス屋の割引きを続けてくれ」

「成人は頑張って稼いで下さい！　金《かね》づる！」

「言い方！　……まったく容赦ない」

そう言いながら笑うアイス先輩。シュナイル様も先輩たちも。

「ご卒業、おめでとうございます」

心を込めて淑女の礼をとると、先輩たちは騎士の礼を返してくれた。

前世の弟の部活の、最後の大会の後を思い出す。会うたびに生意気だった小僧たちが綺麗に揃った日。

うわ、涙でそう。

「あの生意気盛りが大人になって……」

「「「親戚のおばさんか!!」」」

潤んだ目を誤魔化すのにそう言ったら皆につっこまれた。

またも爆笑の通路。

と、シュナイル先輩が歩き出しながら私の頭をポンポンとして通り過ぎていく。そしてアイス先輩がやっぱり苦笑しながら同じく私の頭に手を乗せていく。次々と先輩たちがポンポンとやっていく。飯旨かったとか、木剣を大事にするとか、いつか遊びに行くとか。

それを見た二年と一年が「ずるい！　俺らにもして下さい！」と追いかけて行った。

「じゃあ俺が会食場まで彼らに付き添いますね。ルルー、お嬢をよろしく」

「了解」

今日は私付きの侍従姿のマークが生徒たちを追いかけ、ルルーがどこからともなくタオルを取り出す。

「彼らの卒業は誇らしいですけれど、寂しくなりますね……」

私の返事は、ふわふわのタオルで覆われてちゃんと言葉にならなかった。


春休みも一応ある。

といっても、寮部屋の引っ越しのための一週間。

貴族棟と一般棟に別れているだけでなく、学年が上がる毎に階も上がる。先輩の上階には上がれないという理由からなのだけど、新三年生は正直ちょっと大変そう。

すぐ慣れるわよとキャシー先輩たちは笑っていた。これからもっと忙しい職場に就くのに、これくらい毎日駆け上がれなくてどうするのよと。まあ確かに。

ちなみに卒業したキャシー先輩はドロードラング領服飾班に就職。カシーナさんの下で頑張ってくれるだろう。

私とミシルの部屋は一般《平民》棟のはじっこで、魔力暴走に備えた特別棟。今年は新入生にそういう問題児がいないようなのでそのまま使用可と一応引っ越しはなし。ラッキー！

エンプツィー様の新学期授業準備も三日で終わり、寮の食堂でクッキー教室開催中〜。

この引っ越し期間、荷物の少ない平民生徒は部屋の掃除を含めてもだいたいは二日で終わる。だけど貴族生徒はそうはいかない。何がそんなに必要なのかと思うけど、女子なんかはお洒落《しゃれ》に余念がないから小物の量がものすごい。流行《はや》り廃《すた》りはあるけど好みもあるから、お貴族様といえどもなかなか捨てられない人も多いらしい。

結果、お付きたちが大忙しになる。

いつにも増して時間が取れないお付きたちのための簡単おやつになるように、そして作る方には初歩からのものという一石二鳥作戦です。

「正直助かります。お昼を食べ損ねたので……ああ美味しい……」

どのお貴族様の従僕か、ふらふらと食堂に現れたのでさっそくクッキーを振る舞った。

「お茶のおかわりをどうぞ」

「ありがとうございます。他のお付きたちにも教えてよろしいでしょうか？」

「もちろんです。形はいびつですけど十分に用意してありますから。ところで味についての要望はありますか？」

「え？　あ、いえ、そうですね、甘いのも塩気のあるものもいただけたのでとても満足いたしました。ご馳走さまでした」

人心地ついた彼が颯爽《さっそう》と食堂を出ていくと、クッキー教室に参加していたメンバーが喜んだ。

「あの人、私が焼いたのを美味しいって！」「僕のも……」「焦がさなくて良かった～」「ハムとチーズもいけるんだなぁ」「チーズならハーブも美味しいよ」「人参のグラッセだっけ？　この甘い人参の角切り入りも旨いよな！」「レーズンよ一番は！」「コーヒーとナッツ最強！」「キャラメルナッツも！」

盛り上がる生徒たちにパンパンと手を打つ音が鳴る。

「はーい静かに～。これで評判良かったらアイス屋でも売り出すかもしれないからどんどん作るよ～。もちろん今日のは余ったらそれぞれ持って帰っていいからな～」

アイス屋コックの一人、ムトが苦笑しながら言うと生徒たちは元気に返事をした。

プレーンのクッキーだけじゃつまらないので今日の料理先生ムトが色々と持ってきてくれた。混ぜこむものはコックたちのお手製品。

「思ったより皆器用ですね。もっと派手に焦がすかと思ってましたよ」

「ムトの教え方が良かったのよ。それに最初は緊張でしっかり見てるけど、失敗はこれからするわよ」

「ああ。ははっ、覚えがあります」

調子に乗ると失敗するのよね～と言うとムトも笑った。

「甘い香りがすると思ったら」

あれ、食堂の出入口に薄く微笑んだルーベンス様が。

「あ！　ルーベンス先輩！」

「邪魔してもいいか？」

「どーぞどーぞ！」

誰かが名を呼ぶとルーベンス様が一人で入って来た。どーぞと言ったのは私だけれど、男爵っ子ウルリがルーベンス様を誘導する。

「何をしてるんだ？」

「皆と約束してた料理教室で今日は初心者用のクッキーです。ルーベンス先輩こそどうしたんですか？　卒業後に寮の食堂に来るなんて珍しいですね」

席についたルーベンス様に尋ねたら、なんだか眉毛が下がった。あれ。

「少し時間が空いたからビアンカを訪ねたんだが、まだ引っ越しの最中でな。一段落するまで時間を余すのもなと思って、寮のあまり行かなかった場所を見ておこうとうろうろしてたところだ」

なるほど。それはそれは。

「ふふ、どうですか食堂は？」

「広いな」

「でしょう！　ところでお一人ですか？」

「お付きたちはビアンカとエリザベスに貸し出した。ジーンとチェンは課題が終わらなくて連れて来られなかった。シュナイルも来たがカドガン嬢の所へ行った」

あれま。エリザベス様もまだだったか。

アンディはもうすぐ終わるらしいので、ルーベンス様がいるうちに来られるかな？

ジーンは王城にほぼ缶詰め状態で帝王学を詰め込まれている。学園は休学中だ。最初は両立していたけど、あっという間に無理に。ですよね～。頑張れ。

ちょっと無作法だけど、ルーベンス様の席の対面で淹《い》れたお茶を差し出した。一応、何もしてませんよのアピール。

もう何度も一緒にご飯を食べたりしてるのでルーベンス様に躊躇《ちゅうちょ》はない。

紅茶の香りを楽しんでから口をつける。私の後ろの集団からため息が聞こえた。

……紅茶を飲んでるだけで絵になるなぁ。さすが。

「お。食堂の紅茶は不味いと聞いていたが、茶葉を変えたのか？」

「いいえ。ちゃんと淹れれば美味しいんですよ」

「淹れ方で違いが出るのか……」

「はい。でも食堂ですからね、ゆっくりお茶は淹れられませんし、平民はそこまでこだわりません。食事優先ですし。というわけでルーベンス先輩も食べて感想をお願いします！」

「「ええええ!?　ルーベンス先輩に出すの!?　初心者の手作りを!?　」」

とざわめく一同。

「当たり前でしょう！　ここで評判良ければ王室御用達の看板を掲げられるのよ！　さあ！　綺麗なところを綺麗に並べて持って来な！」

「「ないよそんなところ〜!?　」」

青ざめる一同。

呆気にとられるルーベンス様。

大騒ぎになった食堂で、ムトが笑いながらクッキーを選び、ルーベンス様に差し出した。

「焦げた所が気になる時は避《よ》けて下さい。たまには素人の手作りもいいですよ」

にこやかなムトと青ざめてる後輩たちを見比べながらルーベンス様はクッキーを一枚かじった。

ボリボリゴリボリ……ごっくん。

「固い」

後輩たちは白くなり、私とムトは大笑い。

ですよね！　ボリボリって！　王子様に似合わない音がっ！

「味はまあまあだな。チーズか？　ハーブの、これはいい。仕事の合間に食べるのに欲しいな」

次々とボリボリバリボリ響かせながら食べ続けるルーベンス様。

何なのこの人！　わかってやってんでしょ！　おかしい！

無表情でボリボリって！　面白いよっ！

「王室御用達はまだまだだが今日のおやつにはいいな。ビアンカたちに持って行こう。まだ数はあるか？」

「ありがとうございます！　いっぱいありますよ〜」

「「「やめて!?　今から焼くからそれにして〜っ!!　」」」

後輩たちの叫びにルーベンス様もついに声を出して笑った。

ま、新しく焼いたクッキーも大して変わらなかったけどね。

ルーベンス様はジーンたちにも持っていってくれた。

さて明日は何にしようかな〜？


「ドロードラング領にて侍従長をしておりますクラウスと申します。これから月に一度の出張講師として皆さんと関わらせていただきます。よろしくお願いいたします」

新学期。

いつもの執事服ではなく、動きやすい格好をしたクラウスが生徒の前に立ち、深々と頭を下げる。

新三年、二年生は力いっぱいよろしくお願いします！　とこちらも頭を下げたが、新一年生はバラバラだ。先輩に倣《なら》って礼をする者、よくわからないままオタオタと礼をする者、侍従長ごときに頭を下げられるかとふてぶてしい者、色々だ。

そう。今年はドロードラングで派遣業を開始。

といってもどの程度の事ができるか私らも手探りなので、要請があった中でこれなら出てもいいかな？　というものだけの対処。

そして出張講師は、クラウスをどうにか領地から引っ張り出したいハーメルス団長の策。なんだけど、最初は騎士団への要請だったがクラウス本人の強い意志により拒否。

そしたら泣きつかれた。

私が！

……初老を超えたオッサンに泣きつかれる事の鬱陶《うっとう》しさったら……！

何かをゴリゴリ削られた私は三日で断念。美味しい食べ物もサリオンたちの可愛らしさも、アンディの優しさでも癒せないほど私を削ったハーメルス団長の泣き落とし。仕事をしろ。

それでも私は頑張った。月に一度、教えるのは学園の騎士科生徒のみと条件をつけた。

城内にある騎士鍛練場でうっかりクラウスの兄であるラトルジン侯爵《ブラコン》に捕まったら、クラウスがその日のうちに帰って来られなくなるからね！　そこはハーメルス団長も同意してくれた。

そして私のＳＯＳにあっさり了承してくれたクラウスは破格の金額で出稼ぎに出る事になりましたとさ。一応学園からのオファーという事にしたので学割。十時から十二時までの短時間なので、一、二、三年の合同授業。

まあ団長がそっと見学しているのはご愛嬌。

「見知った顔も何人かいますが、私の事をご存じない方が多いのでまずは実演をしたいと思います。えー、ハーメルス様、お相手をお願いしても？」

「よろこんで――っ！」

うわぁ。

……クラウスって実践派だから本当は講師とか向いてないんだよね。

そして穏やかな見た目と声音に皆騙されるけど、礼儀には厳しいんだよ。特に武器を扱おうという時は。

模擬剣を使ったクラウスとハーメルス団長の手合いは結構本気のもので、ボキボキと模擬剣が何本も折られた。あぁぁこれの買い換え、ハーメルス団長と折半できるかしら……

それはともかく、その様子は騎士科生徒全員を青ざめさせた。

さっき礼をしなかった一年生は目に見えて震えている。わはは。

さらに終了時にはハーメルス団長をテカテカのゼハゼハにさせる事ができたので、ハーメルス団長は満足気に仰向けで呼吸を整えている。

審判をした騎士科教師がキラキラしていたのは見ない事にする。

「とまあ私の腕前はこんなものですが、私がこうして前に立つ事に不満がありましたらいつでも掛かってきて下さい。何が足りないかしっかりお伝えしましょう。鍛練だからと油断せず、真剣に取り組みましょうね、皆さん」

涼しい笑顔のはずがなぜか体に震えが走ったのだった。

……何で私まで。


派遣業の一つに土木班の派遣もある。

大きな物を造っていない時は農業に従事してもらってるんだけど、弟子も増えたし王都の下水工事に出ようかとグラントリー親方が言ってくれた。

設計図は王様に渡してはあるし、それを元にやり易いようにお任せしたはずが、この半年の間に週三の割合で細々《こまごま》とした問い合わせの連絡があり、ついに親方がキレた。

まあね、土木班の高い身体能力ありき、私の魔法ありきの設計図なものだから違いが出るのは当たり前。だから好きにというか、いい具合に調整してよと渡したのに……

こんな大きな下水は造った事がないとか、魔法使いのランクはどこら辺のに頼めばいい？　とか、しょーもない質問が週三回。

とうとうグラントリー親方が音頭を取る事になった。

その抑え兼助手として鍛冶班のキム親方も参加。まあ金物も使うしね、鍛冶班も何人か加わった。

亀様転移のおかげで領から通えるし、アイス屋の所の王都アパートを使うもよし。

何だかにぎやかになった。ふふ。

にぎやかといえば、子供たちも月に一度、王都の劇場でショーをすることになった。

月イチなのはドロードラング領にお客を誘うため。

貴族の誕生日のお呼ばれは断っている。実は貴族のためにはレシィの誕生日、あの一回しか踊っていない。

「欲しい」と言う奴にうちの子たちを渡すもんか。

見世物として踊ってはいるけど、物じゃねぇんだよ。

お抱えにしてやるよって何だ。だったらその金でドロードラングまで来い。途中の地域にも金を落とせ。

「俺がやってもらえぬのに何様だ貴様ら！」という国王のお言葉をありがた〜く免罪符として、やわらか〜く前面に出すのが一番効く。使えるものは王でも使う。あざす。

というわけで劇場のロイヤルシートは値段が跳ね上がり、一般シートは据え置きでも劇場側の収入がそれなりにアップ。それは団員の給料に反映し、会場の修繕分も貯められたというのでショー分の料金もアップしてくれた。

「ぼくらお小遣いがあるから、もういらないよ？」

という子供たちの純《ピュア》な返事に淀んだ大人は少々落ち込みつつもその使い道を話し合い。ショーが終わってパーッと買い物というのはなしになったので、孤児院のある教会への寄付にした。

子供たちはみすぼらしいけど神父はきらびやかな服の所は後回し。貴族が誰も寄付をしていない、神父やシスターも一緒に畑を耕すような教会へ野菜や干し肉と共に、時には労働力もプラス。

ここで保管庫ごとにしないのは変に目を付けられないため。

慎ましく生活できているところには必要ない。こういう所は地域の結束も固い。何とかなる。ただし緊急時の援助は素早く行わなければならないので、注意地区としてメモ。

国内の盗賊連中はだいたい片付けたから盗まれることも少ない。これは騎士団の働きをハーメルス団長経由で聞いたり、ドロードラングの王都偵察班に見てもらっている。

偵察班の行動範囲が広がってしまったけど、彼らからは今のところ文句がないのでありがたい。

ドロードラング製保管庫を欲しがっても、その料金を出し惜しみする貴族がいる。

平民はなかなか勝てないから、その原因になってしまうだろう保管庫のばら蒔《ま》きはしない。

領民と領主の仲は良い方が望ましいけど、悪くする必要はないし、悪くない程度の信頼があればそれでいい。

「クルァアッ！　お嬢っ！　そうじゃねぇって何べん言わせんだ！　先生業で加減を忘れたなんてひよっこな言い訳する気か！」

「すんません！　キム親方ぁ！」

「やり直しィ!!」

「はいぃ！　親方ぁ！」

作業中は集中！　反省。

金物加工のための炎の加減に失敗。畑を荒らす動物に困っているという教会に柵を造る作業です。事前に教えられていたので予備の鉄柵を持ちこみ、足りない部分は私も参加で現場作業するために休日に合わせてもらった。久しぶりの作業で油断してるつもりはなかったけど、やっぱり火加減難しいなぁ。

ちなみに怒られた部分は熱し過ぎてドロドロになりすぎました。あーあ。

「……いつもこんな感じなのか……？」

「そうだよ～。お嬢の失敗は作業が長引くから親方は特に厳しくなるんだ。ハハッ、怖《こえ》ぇよな！」

ダンめ他人事だと思って笑いやがって！　まあ私が悪いので仕方ないけど。

その隣で唖然としてるのは、王都ギルドのダメ息子サンドッグ。

細工師ネリアさんの更正掃除術を叩き込まれ、興行の際の司会及び責任者として子供たちを引率している。ダンはそのお目付け。

ゆくゆくは曲者揃いの王都ギルドを仕切らねばならないので、この仕事はできておいて損はない。

なんたって子供の方が対処に気を使う。

特にうちの子たちは金や物じゃ素直に動かないからね。

信頼はすぐには成り立たない。それを学べ。

掃除についてはネリアさん直伝なので、サンドッグの指示で子供たちはテキパキと動いた。その間に終わる予定だった柵造りが私の失敗で延びたので、現在子供らは教会の子供たちと一緒に作業を見学中。

領主という集団のトップのはずの私が領民に怒鳴られているのが彼は信じられないのだろう。そしてダンはそれをしようがないと笑い、子供たちは頑張れ～と笑う。

トップだからと全てを一人で決めるのは難しい。経験が少ないなら周りの声を聞く事は大事。大所帯ならなおさらだ。

頼りすぎるのはもちろんダメだし、その加減は難しい。

失敗しても次があるさと離れない、道を踏み外そうとした時には諌《いさ》めてくれる仲間が必要だ。

誠意がその仲間を見つけてくれる。

年齢は関係ない。子供だからと見誤るなよ、サンドッグ。

さて、その手強い我が領の子供たちからひとつの提案が。

町外れは娯楽が少ない。娯楽にまわすお金がない。

だから手伝いが終わったら少しだけショーをしようと言ってきた。

何かあったらドロードラングを頼って欲しい。

それを子供たちは子供たちなりに伝えたいそうだ。

ほらね。

ふふふ。私も頑張らないと。

作業風景が珍しいものなら、いくらでも見てちょうだい。

……わざと失敗したわけじゃないから！　怒らせた親方の拳骨は次の日まで泣くほど痛いから！


「た〜の〜も〜ぉっ!!」

……またか……

アイスクリームを食べるためのスプーンを握りしめた。

行儀の悪いその様子を、正面に座ったアンディが眉を下げて笑う。

「俺が相手をするからお嬢は気にせず食べなさいよ」

アイス屋店長ヤンさんがやっぱり苦笑しながら小声で言ってきた。

アイス屋は今日も繁盛している。

が。最近はアイスクリーム以外でも繁盛している。

いや、こっちは売上げにならないから繁盛しなくていいんだけど。

道場破り。

と言ったらいいのだろうか。

アイス屋は平民側の女子店員も強い。という噂が定着した頃に、なんと腕試しに来る奴らが現れ始めた。

最初は順番を守らない客を懲らしめていただけが、その兄貴分がやって来て女子店員にまた懲らしめられ、次は人数を増やしてやって来て、ダジルイさんがそれを返り討ち。

いつの間にやら勝てばデートができるとかふざけた噂が立ち、ノコノコやって来た奴らを張り切ってボコボコにしていたら、今度は腕に覚えありの冒険者たちまでやって来た。こっちは純粋に腕試し。

純粋な腕試しだろうが何だろうが「女子相手に何をする」と、そちらの相手はヤンさん、ガット、ライリーが受けていた。もちろん返り討ちにする。

そしたらそれすら見世物になり始めた。

「たのもー」と誰かが声を張れば、店の前の道にそのスペースができる。客が集まる。

最近は面倒になったヤンさんが一人で捌《さば》いている。

「興行したくなくて店長になったんだがなぁ」とぼやいてるらしい。ほんとにね。

とまあ、ここまでは良しとする。アイス屋従業員たちには申し訳なく思うけど、そうそうには負けない人たちなので勝負に関してはあまり心配はしてない。

そう。私がアンディとアイスを食べに来た時に限ってひっきりなしにやって来るのはなぜだ!?

前回もそうだった。前々回もそうだった！　一日一回じゃないのか!?　今日ももう開店から三人目ですけど!?

これはハーメルス団長にお願いした。営業妨害だから騎士の巡回を強化してくれと。そしたら「無理だ。うちでも楽しみにしてるからな！」と言い切られた。ぅおおおいぃぃい！

寮に持ち込めば静かに食べられるけど、それじゃあデートにならないと、アンディが、いう
…………で、デート……！

デート用にと服飾班に作ってもらった服を着て、寮の門で待ち合わせて可愛いと褒められて、照れくさくもエスコートを受けて、ふわふわした気持ちで会話をしてると「たのもー」と野太い声が聞こえるのだ。

そうなるとアイス屋店内すら、コロシアムの観客席ってこんな感じです？　という空気になる。

もうキレてもいいですよね？

「その服で大立回りをなさろうと言うのですか？　カシーナさんたちの作った服で？」

っ!!　しません！　しませんよルルーさん！

初回版限定
封入
購入者特典

特別書き下ろし。

星の道

※『贅沢三昧したいのです！　転生したのに貧乏なんて許せないので、魔法で領地改革④』をお読みになったあとにご覧ください。

EARTH STAR NOVEL

は！」

「ほれ、後ろが詰まってるから見たらよけろ～」

ヤンさんにあっという間にポイッとされて、ちょっと感動が不完全燃焼だけど、しっかり鷲掴まれた。

「アンディはちゃんと見られた？」

「もちろん。でももう一度見る」

じゃあと二人で列に並び直す。

「すごいよね、これは騎馬の民の言い伝えになるわ～」

「迫力満点だね。あ、結婚したらまた来ようね」

「ぶっ!?」

「お嬢とは添い遂げたいし」

腕においていた手を繋がれた。て、手汗が……！

「夏の約束だよ」

「は、はい」

約束しただけなのに恥ずかしい。思わず俯く。

「ははっ、真っ赤」

「うぅ、こんなに暗いのに見えるもんかい」

「わかるよ」

と、アンディの息がかかる。顔を上げると目の前に、夜空とは違う色の黒い瞳。私の頭から湯気が出た。

「近ーッ!!」

「あははは！」


そうして何度も並んで眺めて、首長たちにお礼と後日改めて会議をすることにし、さて帰るかと振り返ると。

「夏の約束な」とダジルイさんの手を取るヤンさん。

「はい」と苦笑するダジルイさん。

「夏の約束な！」とルルーの手を握るマーク。

「ふふっ……はい」とうなずくルルー。

恋人じゃない男女、男同士でもやりだした。

それを苦笑しながら眺めるアンディ。


やめろー!! 流行らせようとするなー!!

恥ずかしいっつーのーっ!!

「ヤンさん、俺が行きますよ」

マークがルルーの肩をぽんぽんとしながら立ち上がる。アンディの今日のお付き、真面目なウォル・スミール君と目付き悪、いや鋭いヨジス・ヤッガー君も立ち上がる。

「何だもう食べたのか？　じゃあ頼むかな。埃《ほこり》は立てるなよ」

「え、難しくないっすか、それ」

「店が汚れるだろ。武器じゃなく足運びを見ろ。どんな戦いをするタイプかだいたいわかる」

「あ、なるほど。ウォル、ヨジス、一緒に行く？」

二人は返事をしそうになったけど、二人同時にはアンディから離れられない。

「アンディなら大丈夫よ、私もいるし」

「うん。こういう事もあるだろうから、二人とも対処できるように行ってきてよ」

アンディに言われて若干顔が綻《ほころ》んだ二人はすぐに立ち上がる。

「「はい！」」

ルルー、お嬢とアンディをよろしくね～とマークたちが出て行った。

外の歓声が聞こえる。

「アイスクリームを食べるだけのお店なんだけどなぁ……」

そうぼやくとアンディが笑った。

「ドロードラングと名の付く所は賑やかでいいよね」

そう言いながらスプーンですくったアイスを私に差し出してきたのでパクッと食べた。うん今日も美味しい！

「にぎやかさが求めたものと違うんだけど？」

お返しに私のもすくってアンディに差し出すと、アンディもパクッとする。ふふっ行儀悪い～。

「でも楽しいよ？」

そぉ？

アンディが笑っているし、アイスも美味しいし、今日はもういっか～。

二話　平和です。

《お嬢、ジョジダ》

ジョジダ？　…………女児だ!!

亀様が教えてくれた時は魔法の実技中だったので、うっかりと鍛練場を花畑に変えてしまった。

それに驚いた魔法科生徒が何人か暴発、または発動失敗。それを付いていた教師陣と慌ててフォローー。

「ごめんなさい！」

落ち着いてから皆に頭を下げる。

「いや、大きな術ではなかったので暴発も押さえられましたし、それ以外は花が咲いた程度でしたから。何があったんです？」

魔法科教師たちがそう言ってくれた。

季節感を無視した花々は綺麗だけど、さすがに壁までも花に囲まれると異様に見える。どうやら地下にあった種や壁の隙間にあった種を咲かせたらしく、香りがすごい。ポプリにしようとなぜかエンプツィー様が収穫している。

誰も怪我しなくて良かったけど……はぁ始末書だ。

「完全に私事《わたくしごと》です。領地の侍女長に子供が産まれたと連絡がありまして、」

「「「「　カシーナさん!?　」」」」

合宿組から明るい声が上がる。

昨日の夜に陣痛が始まったらしいという連絡は受けたけど、私は何もできないし、ケリーさんの洗濯班はみんな産婆さんでもあるし、カシーナさんも妊娠中の健康面に問題なかったし、亀様も付いてるしで普通に仕事してろと言われてた。

《すまぬ。もっと気を配れば》

「ううん亀様。産まれたらすぐに教えてって頼んだのは私よ。授業中にそうなる予測もしていたはずなんだけど。皆、本当にごめんなさい」

また頭を下げると戸惑うような空気を感じた。

ちょっと頭を上げて生徒たちを伺うと、皆の視線が一人の男子生徒に集まっている。

フィリップ・パスコー。

最近少し大人しくなったが、安定の嫌味坊っちゃんである。そんな彼も全員に注目されるとビビるのか、ひきつった顔をしていた。私と目が合うと彼はさらにひきつった。

「お、大きな怪我もなかったですし、次はないように気を付けて下さい……先生なんですから」

おお、随分と大人しいコメントをするようになったなぁ。あ、いや、私が悪いのでちゃんと聞いておかないと。

「はい。気を付けます。すみませんでした」

本当、誰も怪我がなくて良かった……反省。


今日の業務を全て終わらせてからアンディとミシルも一緒にカシーナさんの下へ。

お産後の母子は、二、三日屋敷にお泊まり。希望があれば延長も可。産後のストレスは大変らしいから、せめてご飯は上げ膳で。

特にカシーナさんは出産年齢としては高齢での初産《ういざん》なので、実は皆かなり心配していた。

産後の体調も安定しているようで本当に良かった。

「亀様ありがとう」

《我だとて見守っていただけだ。カシーナも子も、生命力に溢れていた》

こういう時に亀様がいて良かったと思う。亀様でもどうにもならない事があるとは理解してはいるのだけど、やっぱり安心感が違う。

それがカシーナさんの頑張りになったんじゃないかなぁ。

カシーナさんが休んでいる部屋の扉を開けた時、ルイスさんがタオルにくるまれた赤ちゃんを覚《おぼ》束《つか》ない手つきで抱いていた。それをカシーナさんが愛おし気に見つめている。

「おめでとう。入ってもいい？」

出産後の面会は赤ちゃんが起きている時だけにした。赤ちゃんが寝ている時しかお母さんは寝られないから。少しでも休息を取ってもらって、これからに備えないと。

カシーナさんとルイスさんがにこやかに迎えてくれ、赤ちゃんを抱かせてくれた。軽い。小さい。可愛い。赤ちゃんの匂いがする。

アンディとミシルも順番にルイスさんが抱かせてくれた。

「名前は？」

「ルカリーナにしました。お嬢が受けてくれないから苦労しましたよ」

また赤ちゃんを抱っこしたルイスさんがニヤッと言う。

「名前は親からの初めてのプレゼントなんだから当然。私に名付けをさせたらえらい事になるわよ？」

「カシーナのたっての願いだったのに？」

「それでも。良いじゃないルカリーナ、可愛い名前だわ。きっと可愛く育つわね～、い、ルカ？」

「まだ嫁にはやりませんよ！」

ルイスさん気が早すぎだろ！

皆で笑ってしまって、驚いたらしいルカが泣いた。

慌てたルイスさんがいそいそとカシーナさんにルカを預けるとピタリと泣き止む。すっかり母親の顔になったカシーナさんがよしよしとあやす。

真っ赤な顔で泣いたって、小さな声。

新しい命。

あなたもこの世界へようこそ、ルカリーナ。


「ドロードラングで二次会ですと?」

「ニジカイ?」

あれ、そう言わない?

「大きなパーティーの後で規模を小さくしての宴会の事です」

「ああ、そうね、そうなるのかもしれないわね。頼んでも良いかしら?」

「それは構いませんよ。何か希望があれば取り入れますが、ありますか?」

「雪合戦!」

……………ビアンカ様、いくらドロードラング領でも、春に雪は降らねぇよ?

来春、ビアンカ様の学園卒業後すぐにルーベンス王太子殿下とのご成婚が決まった。

もちろん王都でパレードありの華々しい結婚式を挙げる。そのスタッフメンバーに入れられなかったのでゆっくりその様子を見られると思うと今からとってもとっても楽しみである！

夕食を済ませ、寮部屋でミシルとルルーとマークとだべっていたら、ビアンカ様のお付きさんが来た。ビアンカ様にもイヤーカフを渡しているから使えばいいのにと呟いたら「私《わたくし》どもを使うのも、ビアンカ様の仕事なのです」と苦笑されてしまった。そーでした。

そしてお呼ばれされて、皆でビアンカ様の部屋にいるのだけど。

「そう、よね……雪合戦は無理よね……」

うわ、ビアンカ様めっちゃ落ち込んでる！　背筋よくシュンとしてる！　ヤバイ！

代案を急いで出さねばと焦っていると、先ほどのお付きさんがそっと教えてくれた。

「ビアンカ様のご両親がいたく雪合戦に興味を示されまして、ドロードラング様にご相談の運びとなりました次第です」

なるほど。

雪は降るけど積もる事はないバルツァー国。そこのお姫様であるビアンカ様はドロードラングでの雪合戦をとても楽しんでくれた。

村長と朱雀の結婚式の後のドカ雪で、またも国王軍VS王妃軍での決戦が行われ、前回に続き王妃軍勝利に終わり、ドレスが発注された。あざす！

王子たちは国王軍、その婚約者も含めた姫たちは王妃軍に組み込まれ、婚約者の分のドレス費用は王子持ちである。負けて払わされるのにアンディがニコニコなのが腑に落ちぬ。兄王子たちも悔しそうじゃないのが不思議。国王は六人分（王妃×4、姫×2）だからいつも悔しがってるんだろうか？

……あざす！

子供たちと一緒に雪まみれになって、さらに雪だるまも作って、かまくらで芋もちを食べてといつもの事しかしてなかったのだけど、ビアンカ様は楽しんでくれていた。また来年も！　というほどに。

それをよっぽど面白おかしく国への手紙に書いたのだろう。なんたって青龍をも泣かせる文章を書く人だ。結婚式のついでに雪合戦ができるか？　という手紙が届いたそうだ。

……ご両親てさ、国王と王妃でしょ？　普通やりたがる？　雪合戦。

うちトコの国王夫妻が変なのだと思っていたけど、そうでもないのか？

嫁いでしまえば頻繁に会う事は難しい。親といえどもビアンカ様はうちの国母になられるから、気が向いたから～なんて気軽には会えない。色々と手続きが要る。

雪合戦が最後の親子の時間になるのだろう。

……ふむ。

「結婚式の後ではなく、その前の冬にご招待しますよ？　バルツァー国は年末年始は忙しいですか？」

　バッとこちらを見たビアンカ様。

「もちろん移動は亀様に頼みます。そしたらすぐですし、半日程度の休みであれば雪合戦とその他を十分にできると思いますが」

「年明けの日の出までは夜通し騒ぎ、その後さらに二日間は静かに過ごすのがバルツァー国です。仕事初めは四日めからで、王家も民衆も同じです」

　ふるふるするビアンカ様の代わりに先ほどのお付きさんがそう教えてくれた。あらま、うちより冬休みが短いじゃん。

「じゃあ、そこら辺で日程が決まったら教えて下さい」

　お付きさんがにこりと「畏《かしこ》まりました」と言ったのを確認してビアンカ様を見ると、抱きつかれた。

「ありがと、サレスティア……」

　そんなにか〜。

　……そうだよね、まだ14才だし、王族とはいえ家族がそばにいて当たり前の年齢だよね〜。

　としみじみしていたら。

「これでお兄様に勝って絶対ドレス代を手に入れてやるわ！」

　ふふ、うふふふふ……

というのを聞こえないふりでお付きさんを見ると、仕方がないなぁという顔で笑っていた。

は？　兄妹対決？　それを見るのを？

ご両親は楽しみにしている？　はぁ？

……仲、良いんだ、よね……？

「うわぁぁあっ！」
悲鳴と共に若手騎士団員が一人、宙に舞う。このままでは地面に叩き付けられ重傷になりうると
ギャラリーから息を呑む音がした瞬間、その落下点にマークが入った。
「よいしょおっ！」
かけ声と同時に若手騎士を受け止める。マークが大丈夫か？　と声をかけても、彼は蒼白な顔で
マークを見つめるだけだ。
「タイトぉッ！　せめて受け身を取れる程度に放り投げろよっ！」
「はぁ？　ドロードラング式でいいって言ったのはそいつだろ？　その高さで受け身を取れないと
か、ふざけてんのか」
「ドロードラング外《がい》の一般騎士っ！」

「知らねぇわ」

「外面《そとづら》付けろ――っ！」

「お前こそ、外面が厚くなって腕が落ちたんじゃねぇのか？　マークさん、い」

ぴしりと音がすると、マークはゆっくりと若手騎士を下ろした。

……あ〜あ。

「ほうほぅ……お前の方こそこんな加減もできねぇとはな。農作業でだいぶ鈍《なま》ったようだな、タイトくん？」

ゆっくりとタイトに近づくマーク。それに合わせてかタイトも、ぁあん!?　とマークに近づく。

それをハラハラと見守る若手騎士団員たち。若手といってもアイス先輩たちよりも二、三年先輩団員なので知った顔もいない。

ちなみに今日は平日だけど休みをもらった。エンプツィー様には亀様と青龍に付いてもらっている。四神が二体もくっついてればさすがに逃げられないとは思うけど、もしもの時は連絡が来る。

さて。

「……何であの二人は素直に手合わせをできないのかしら？」

「いやぁ、思いきりやり合いたい時は闘争心を煽《あお》らないと」

私の疑問に答えたのはコムジ。義手腕を組んでニヤニヤと殴り合いを始めた二人を見てる。ふーん、そんなモンですかね〜。どーせ引き分けになるのにね〜。

「じゃあ今日のところは俺が指導に回っていいですかね？」

マークとタイトの手合わせを最後まで見ないのか、コムジが後ろを振り返り、やっぱり呆然としたままの騎士団員たちを見ながら聞いてきた。

「時間は決まっているからやってくれるならお願いするわ。皆さん仕事もあるからね」

王都騎士団では素手での訓練にも力を入れる事になった。

アイス屋前で連日行われる対決を見た騎士団員が、素手の対処の方が騒ぎが早く収まるようだとハーメルス団長に言ったらしい。

そりゃあ、武器を使った大立回りより、素早く懐に入って急所一撃の方が埃が立たないもの。

……わかってる。私がこう当たり前のように語ってしまうほどには普通は簡単にはできない。

……うちの人たちおかしいよね？

そのおかしさをアップさせたのはコムジ。

セン・リュ・ウル国の僧院、その武門一派のお許しをいただいて、ドロードラング領でもがっつりと習わせてもらった結果がコレ。

女子向け護身だったけど、まー、手合わせ大好き連中だし、シン爺ちゃんはしょっちゅう遊びに来るし、それを追っかけてギンさんも来るしで、二人にもなんだかんだで直に教えてもらった結果がコレ。

コムジは、教会《いえ》を飛び出すまでは弟分たちを指導できてはいたらしい。それでもコムジの足りない所をギンさんがドロードラング領にて指導。そしていつの間にか戦闘班が交ざっているという状況に。

ちなみにシン爺ちゃんとの追いかけっこが一番不評。クラウス以外まだ誰も逃げ切った人はいない。そして毎度死屍累々《ししるいるい》な光景が。

……鬼ごっこって、全力でやっちゃいけないんだね……

しかし許可をもらっておいてホント良かった！　そういうのはギンさんが怒られちゃうからね〜。ギンさん、見た目はどんとデカイからおっかないけど、穏やかな紳士だからね〜。あのシン爺ちゃんをマメに追っかけてくるくらいだから、本当に人が良いのだ。

でまあ、「アーライルの騎士団までは面倒見られんがコムジとタイトが教えるのは構わんよ」とシン爺ちゃんの太鼓判があり、出張講師決定。ニックさん、ルイスさん、ラージスさんもＯＫ出たけど「出張は若い奴の仕事」と拒否られた。

「振りまく理由もねぇ奴らにまで愛想なんか湧くかぁっ！」

「今日の連中は俺らより若いんだよ！　年下にも礼儀をはらえっつーの！」

「ヘラヘラしながら、イイッすよ〜なんて言う奴には鉄拳制裁しかねぇわっ！」

「それはしょうがねぇけど！　緊張させ過ぎると怪我が増えるだろうってのっ！」

残像がケンカしてる……いや、ケンカする残像か？

「真面目に取り組んでくれればアレくらいにはなります。どんな状況でも護衛対象を守るのを目指してやっていきますねー」

コムジののほほんとした説明が聞こえているのか、若手騎士たちはマークとタイトを見たままだ。

そろそろ二人を止めようかな。皆気になって練習できないんじゃない？

「では私が」

あ、ルルーがやる？　え⁉　ルルーがやるのっ⁉

「ちょっ、まっ！」

って何も言えないうちに、ルルーの鞭《むち》はマークとタイトを地面に沈めたのだった……チャンチャン。

……若手騎士たちのトラウマになりませんように……

「ふわあ……」

レシィが中腰で鍛練場を覗く。

「タイト、また強くなった？」

こちらを振り返った顔はキラキラしてる。

可愛いね～。

「こんな遠くからじゃなくて、もっと近くで見ればいいのに」

「騎士団の練習なんて見学したことないのに、今日行ったらバレちゃう！」

真っ赤になってても小声で言い訳するレシィ。

ここ三階の窓だから小声にしなくても鍛練場の連中には聞こえないと思うけどなぁ。

さっきからその鍛練場からは悲鳴しか聞こえてないのは気のせいとして。

「だから、私が下にいるうちに来れば良かったのに」

「……顔に出ちゃうと思って……」

かーわーいーいーっ!!

レシィも10才か～。まだ私より小さいのに大人びてるなぁ。

つーか、いまだにタイトがいいのか……なぜなんだあんなに雑なのに。

レシィが領に来た時だって、領の子供たちとまったく同じ扱いだ。恋人がいるのかはわからないけど（そこまでは把握しない！）、娼館には行っているようなので普通の男ではある。たぶん。

顔はまあ、興行ではわりと人気者だ。黒い服を着せるとシュッとして見えるからだろう。

よく働くって点でレシィのポイントは入るのだろうか？

領主からはそれだけで満点だけど。

レシィの相手としてはやっぱり応援しにくい。平民だし、騎士になれる実力はあるだろうにやる気がない。

今のところレシィを特に大事にしてる素振りもない。

レシィがただの貴族ならなぁ。

そういう意味でも応援しにくい。

「いいの。タイトは大人だし、私は子供だから」

……10才って大人びてるなぁ。

私が10才の時って何してたっけ？　と思いながらレシィを微笑ましく見ていたら『お嬢！　そこのチビ連れて来い！』とタイトから通信が。

バレてた。


他の人にはわからない程度に挙動不審なレシィを連れて再び鍛練場へ行くと、若手騎士たちはみんなもれなく這いつくばっていた。

タイト、マーク、コムジがレシィに礼をする。おお、ちゃんと外面が付いてる。よしよし。

「加減しなさいよ」

「教わろうという態度がどういうモンか、そこから教えたんです」

ジト目の私にシレッと答えるタイト。マークとコムジは肩を竦める。まあ、元盗賊たちもうちに来た当初はニックさんの指導でこんな風になってたけども。

「おう！　派手にやってくれたなぁ！」

がははと現れたハーメルス騎士団長に礼をする。

レシィに気付いた団長が礼をとり、レシィが返す。そしてタイトたちに向かう団長。

「どうだった、うちの若手は？」

団長が現れた事で騎士たちが起き上がりはじめる。が、ほとんどが立つことができない。

「全然駄目です」

タイトがむっとした顔で言い切った。団長が厳しいなと苦笑する。

「体は人並みに動くようですが、誰のために自分等が存在するのかわかってないようですよ。どう教育されてるんです？」

「そんな初歩からか！」

団長が素直に驚いた。

「団長が現れる前に姫がいらっしゃいましたが誰も起き上がりませんでしたよ。うちのお嬢しか声を発していませんでしたが、増えた気配を確認もしないとは話になりません」

若手騎士たちが青ざめる。レシィの顔を知らないはずはないので、今この場にいる中での最重要人物は一目瞭然だ。

「練習時だからと、姫の守りになろうとしない騎士など話にならない」

冷めた目で団長を見るタイト。その態度はアウトだけど、言っていることは正論だ。レシィを見て立ち上がれないなら、国王が現れたってできない。上司しか意識していないなんて有事の際にも動けない可能性が高い。

王族を守れない事は騎士として不名誉極まりない。

「お前らが見栄を張るべき者は団長じゃない。王族方であり広くは一般国民だ。剣を持てない状況だろうが盾にはなれ。己が国の守りの一つであるということをまず自覚しろ」

タイトの言葉で第一回若手騎士訓練は終了した。


立ち上がれない若手騎士たちを団長に任せて、私たちはレシィと鍛練場を出る。

ふと、先を歩いていたタイトがちらっとレシィを見た。

「暇なら次からも見に来いよ。あいつらが訓練終わりまでちゃんと立ってられるようになるまで見張り係をやれ」

レシィの目が輝いた。

「え、いいの？　邪魔じゃないの？」

レシィが小走りでタイトの隣に移動する。

「邪魔に決まってんだろ、治癒術も使えねぇのに。まんま飾りになれって言ってんの。得意だろ？」

「失礼っ！　それに擦り傷なら治せるもんっ！」

「そんなん放っておいたって治るわ。明日も同じ時間だからな。危ねぇから変な所から覗くなよ」

「の!?　覗いてないもん！　さ、散歩してたらあそこでお嬢に会っただけだもん！」

ね！　ってレシィが振り返るけど、もちろん散歩は嘘。

「勉強しろ」

「してるもん！　休憩時間だったんだもん！」

タイトたちが来てるよと教えた時に休憩だったのは本当。

「へぇへぇ、徘徊癖《はいかいへき》のある困った姫さんだねぇ」

「しー！　つー！　れー！　い～っ！」

キーキー言ってるレシィも可愛いなぁ。

ちなみにドロードラングでもこんな感じなので、レシィのお付きさんたちも慣れたのかもう何も言わない。いつも頑張ってるレシィがただの10才の子供に見えるのは悪い事ではないと思ってもらえてるようだ。

タイトの態度は褒められたものではないけども。

すみません、私らにはもう直せないッス。

「ははっ、タイトには姫様も関係ないですね」

やっぱりコムジがのほほんと言う。

「褒められたものじゃないけどね～」

「姫様が嫌がってないからいいんじゃないですか？」

「駄目だろうよ」

タイトとレシィを指差すコムジにマークがつっこむ。

「そういうマークだってちゃんとはできてないからね？」

「わかってるよ。だいたいうちは領主からしてそこら辺が怪しいからな～。できてないって言われる筋もないよな、コムジ？」

「そーな。お嬢が外面付けてるの見るとゾッとする」

わざわざ肩を抱いて寒いふりをするコムジ。おい。

「ぎゃははっ！　だよな！」

おいマーク。

「全然別人！　師父《しふ》も固まるお嬢の外面っ！」

二人で笑い出したのをルルーとレシィのお付きさんたちも微妙な顔して見てるんだけど。フォローないんかーい。でもカシーナさんから及第点もらってるから！　赤点じゃないから！　ふん！

「いやホント、男ではクラウスさんとアンディだけだぜ平気なの」

「愛だよ愛～」

流行ってんのか、やめろ！

「ええ～？　俺ルルーがはにかんだりしたら気絶しそうになるけどなぁ。平静でなんかいられな……あれ？」

マークののろけに全員が固まり、先を歩いていたタイトとレシィがどーした？　と振り返る。

そして、顔を真っ赤にしながらもドス黒いオーラを纏ったルルーが鞭を振り回し、来た道をまた鍛練場に逃げたマークとの追いかけっこが始まりましたとさ。

「なんだ、またマークがボケたのかよ」

タイトが呆れる。

「天然てスゲェよなぁ」

コムジも笑いながらため息。

「仲良いなぁ」

レシィもぼんやり。

「夫婦だしね」

喧嘩したって別れたいなんて言わないんだから、放っておくに限る。

そして、その騒ぎに巻き込まれた団長から「ルルーだけは練習に連れて来ないでくれる!?」と懇《こん》願《がん》されるのだった。

うん、マークの天然を治すのはもう無理だからね。


ドロードラング領のお隣はイズリール国である。

山脈を挟んでいるし主要道路がドロードラングを通らないので、トンネルを造るまではほとんど交流はなかった。

ただイズリール国ジアク領のギルドには私が領地に戻ってきてからはお世話になっている。トレント情報をはじめ、大量発生した肉、間違えた、食べられる魔物情報もかなり融通してもらっている。


「ジャーキーの製造方法を教えてくれ」

正しい山賊みたいなギルド長が改まって話があると、わざわざドロードラング領へ出向いて来た。夏に会うと暑苦しさが増す気がする。

休日に合わせてもらえたので、王都アイス屋にご招待〜。

アンディも一緒なのはもはや誰もつっこまない。っていうか、貴族側店舗の屋根裏部分にお忍び部屋があり、そこにいるので他には誰もいない。

だって王妃様たちが女子会したいって言うから作ったのよ。物置だったのに逆にこの狭さが良いらしい。空調大変だったわ……

「いいですよ。製造方法だけですか？」

溶けてしまうのでもちろんアイスを食べながら。甘いもの好きのギルド長は砂糖とミルク入りのホットコーヒーも気に入ったようだ。

「毎度あっさりと了承し過ぎじゃないか？　心配になるぞ」

「だってジアク領も大猪は出ますし、同じ材料でも地域毎の味の差って出るんですよ。その食べ比べを楽しんでもらえれば、ドロードラングでも益はあります」

なるほどなとギルド長が頷く。

「こちらが勝手に真似するのは構わないということだな？」

ギルド長がにやりとする。怖っ。

「そうですね。真似できればですけど？」

にやりと笑ってみせるとギルド長が小さく「こわっ」と言った。ふん！

「にしてもジアク領でもジャーキー人気ですね。牛でも美味しいですよ？」

「ジアク領で人気っていうか、イズリール国の下級貴族間で人気だな。大貴族なんかはそんなもの食えるかとか見向きもしないし、庶民はまだ存在も知らん。アーライル国もそうだろう？」

確かに。ドロードラング領ではお土産としても売っている誰でも知るものだけど、王都でも平民はまだ知らない人の方が多い。いくつか取り扱っている酒場もあるけど、まあまだ高価だ。

「それに、牛は普通に使い道があるからな、癖の強い大猪でできた方がいい」

そらそうだ。

「でだ。今度ジアク領主杯武闘会が開催されるんだが、その賞品に一頭分のジャーキーを注文したい。安くしてくれ。その時に振る舞えれば庶民も味を知り、イズリール国でもジャーキー製作に出資する貴族が出るだろうという狙いがある」

就業率。どこの国でもなかなか解消しない問題だ。

「まあジアク領内の小さな武闘会で、うちのギルド連中のお祭りみたいなもんだ。ジアク領の目玉っちゃあ、それくらいしかなくてな。それでも観光客が来るんだぜ？　ギルド以外の店の稼ぎ時だ。さすがにドロードラング領への近道ですなんて、通行税を取るわけにはいかねぇからな」

ガハハと笑うギルド長。

「その出資するだろう貴族にはあてがあるんですか？」

アンディがギルド長に聞く。ギルド長もアンディを王子と知ってはいるが、まあ、私もいるからね、変な緊張はもうしない。

「一応。といってもジアク領主の腐れ縁と言っていい友人たちだ。そこの領も悪くはないんだが毎年カツカツでな。田舎の若手領主が集まって、やってみるかとなったそうだ。ジャーキー製造は正式にはそちらから申し込みがある」

了解です。

「アイスクリームもうちで作れるようにならんかなぁ」

舐《な》めるように綺麗に食べたギルド長がボソッと言ったのが可笑《おか》しくてアンディと笑った。

コンコンと扉がノックされ、トレイを持ったヤンさんが現れた。

「まだ話し合いが続くなら飯はどうだ？」

おおっ！　今日の賄いはトマトの冷製パスタだ！　ミシルの村で獲れたマグロみたいな魚でツナ

も作った。ドロードラング領では好評だったので、このツナ作りはミシルの村に委託できるか調整中だ。

私とアンディの分のパスタはお皿が小さい。アイスも食べたし丁度いいかも。

「何だこれ、ハムか？」

怪訝《けげん》な顔でパスタに乗ってるツナを覗き込むギルド長。

「まあ食ってみな」

にやにやするヤンさんを一瞥《いちべつ》して、ギルド長はフォークを手にするとツナだけを一つ食べた。咀《そ》嚼《しゃく》してゴクリと飲み込むとでっかいため息をつき、あっという間にパスタを食べきった。

そして。

「正体のわからない旨いものがツラいっ!!」

そう叫ぶとギルド長はヤンさんにお代わりを催促。私とアンディは自分のパスタを死守し、今度は大皿に山盛りになったパスタをガツガツ食べ始めたギルド長を呆然と見てたら、ヤンさんがぼそりと、

「あれが山賊食いだ」

と言ったので噴いた。

それを言いたかっただけかっ！

アンディがツボったらしく、しばらく笑いが止まらなかった……

三話　見学です。

「収穫期だから武闘会には出ない」

ということで、今まで秋に行われるアーライル国での武闘会には出た事がなかったのだけど、学園の夏休み中に開催される隣国イズリールのジアク領主杯武闘会を見に来てみた。

猪ジャーキーを安くしたら席を用意してもらえた。ラッキー！

ちなみにこの武闘会うんぬんはタイトより。

農業班長ニックさんよりも眼光鋭く言われたのでちょっとビビった。そんなに農業に入れ込んでるとは思ってなかったよ。ニックさんはタイトのその様子に苦笑してたけど。

正直そんなに期待しないでジアク領に来たけど、お祭り気分は盛り上がるもの。街に人が集まると楽しくなってくる。

私たちはギルドに隣接する特訓場に設置された来賓席にいる。アーライルの武闘会場や学園の練習場よりも小さいけども、その分周りに観客席がしっかりとあり、このお祭りがしやすそうだ。

いいね、こういうコロシアム式観客席は竹と木とで造られている。ドロードラングにも作ろうかな～。議題議題～。

　ここを使い慣れただろう参加者が、受付をすませ会場に続々と並んでいく。

　結構いるんだな～と眺めていたら、ジアク領のギルド長が今日も安定の山賊のような装いで現れた。

「やあやあ！　上級回復役がいるから今日は真剣でやるか？　ガッハッハ！」

「えー？　高いですよ？」

「じゃあやめとくわ。嬢ちゃんが高いって言った時は洒落にならんからなぁ。猪ジャーキーもだいぶ安くしてもらったし、まあ、ゆっくりしていってくれや」

　よし！　これで今日はただの客～。

　お付きのマーク、ルルー、ぬいぐるみ亀様に、弟サリオン、そのお付きのダン、ヒューイ。アンディにお付きのロナック・ラミエリ君、モーガン・ムスチス君、そして仔猫サイズの白虎という若い？　メンバー編成です。

　……仔猫サイズの白虎。

　ふ、ふふ、ふはははは。朱雀の時の暴走の罰として白虎の魔力調整特訓をやってやったぜ！

　もちろん本人？　もいずれはやるつもりではいたようなので合意なり。繰り返す。合意ナリ！

　亀様たちも手伝ってくれたけど、止めなかったから合意の範疇《はんちゅう》だと思ってる。

　白虎がいつまでサリオンのそばにいてくれるかわからないけど、うっかり暴走されたら本気で困る。毛を毟《むし》るより特訓するって白虎自身が言ったから。合意ナリ。

おかげでハリセンを見ると大人しくなり、そして自在に自分でサイズを変えられるようになりました！

仔猫になると可愛いんだよね～！　子供たちも毎日白虎を抱き上げる事ができて白虎もそれを喜んでいる。

ちなみに、シロウとクロウは白虎的にはそのままでいいらしい。

《姉上の従魔でもあるしな。白狼《シロウ》と黒狼《クロウ》はまだそのままでいいのだ！》

ありがたい。

そんな二頭は本日はお留守番。

通常の仕事の他に新たな合宿メンバーの見守りもお願いしてある。まあ今回もメインは魔法科劣等生なので無茶をしようとする子はいないけど。安全面はいくら保険があってもいい。

やっぱり二頭いる方が助かる。そして見てカッコいいし！

今年はアンディのお付き君たちも手伝いとして合宿に参加。なんでも、私の人使いの荒さを知った方がいいとルイスさんから提案があったそうだ。いずれ夫婦になるのだから今からそれに慣れておいてもいいだろうと。

……うん。誰もフォローしてくれなかったのでこうなってんだけど……そんなに荒いかなぁ？

なんだかんだしてきたのは認めるけど、皆だってそれらをこなしてきたわけよ。

ってことは、私が荒いとは限らないンでないの？

大きな物は急いだけど、欲しいと思ったものはだいたいは造り終えてるし、これからは荒い事はないはず。……はず。

「ドロードラング伯、挨拶が遅くなってすまない」

ジアク領当主が奥さんと息子さんと共にやって来た。私たちも全員で立って迎える。アンディが王子というのは今回は伏せる事にし、当主夫妻とギルド長しか知らない。だって王子が来るような大会じゃないから。ただでさえ九席も確保させているし、さらに厳重な警備がついたら観戦どころじゃなくなる。私たちも観光客も。

……こんだけお付きを連れてきてる私、どんだけ重要人物だよとセルフツッコミ。

私とサリオンはこういう挨拶もあるのでドロードラング当主と弟らしく見える格好で、アンディたちは従者&侍女服。大会が終わったら着替えて街を見るんだ。実はゆっくり見た事なかったからね～。

「いいえ。こちらこそ良い席をご用意いただきましてありがとうございます。初めまして奥様、ドロードラング領当主サレスティア・ドロードラングと申します。こちらは弟のサリオンです。奥様のお兄様にもジャーキー製造法を高くご購入いただき、誠にありがとうございます」

イズリール国での猪ジャーキーの産業化の言い出しっぺは奥さんのお兄さんだった。正式な要請の使者としてジアク領当主と共にお兄さん自らドロードラング領まで来たのだ。まぁあ、びっくりした。フットワークが軽い貴族っているのね……

奥さんとは初めましてなので挨拶。息子さんは5才くらいかな？　挨拶する姿が可愛い。

「微力ながら私も参加することになりましたので、これからが楽しみです」

にっこりと微笑む奥さん。……あ……見たことあるよ、こう笑う人。……これだから酒呑みは……いいお客さんです！　これでジャーキーに地域色が出るぞ～！


開会式が始まってギルド長の挨拶の時。

「あれ、テオ先生？」

参加者の中にアーライル国財務の若手でありながらアンディの家庭教師もつとめるエリザベス姫の想い人、テオドール・トゥラントゥール先生がいた。

え？　参加するの？

文官のイメージしかなかったので、いかつい冒険者たちの中にいるとその細さが際立って、立ってるだけで押し潰されそうに見える。

思わずあたふたとしてしまい、その動きに気づいたのかテオ先生は私たちを見つけ、目を見開くとちょっと笑った。

開会式が終わったら席を立ってもいいけれど、私は一応来賓なので動けない。発表されたトーナメント表にあるテオ先生の出番は真ん中くらい。出場者控え室で呼び出してもらえば大会中でも出場者との会話はできるらしいので、ちょっと話すくらいの時間はあるだろう。

アンディが行って来るねと、お付き君たちとマークを連れて行った。

「姉上。先ほどの方はどちら様ですか？」

サリオンが小さく聞いてきた。

「アンディの家庭教師をつとめる財務職員のテオドール・トゥラントゥール様よ」

「兄上の家庭教師……トゥラントゥール、は……確か子爵領ですよね。牧畜の盛んな」

そうよ～！　いやぁ！　うちの子勤勉だわぁ！　隣のアイス先輩様のモーズレイ領も牧畜が盛んなのですよね、なんて、ほんのちょっぴり得意気なのがまた可愛い。

うっすらピンクなほっぺ可愛いわぁ……

「お嬢、あんまりサリオンを照れさせないでくれよ。誘拐される」

ダンが呆れたように言う。

イカン!!　うちの可愛いサリオンを誘拐だなんて、いや、うちの子の誰を拐っても、地の果てまでも追いかけて追いかけて絶対に追いかけて……ソノイノチナイトオォォ……

「お嬢！　怖いって！　やめて！」

はっ。ダンの声に我に返るとヒューイの顔色が若干青い。ごめん！

「お嬢がビビらせてどうすんだよ～。別に褒めるなって言ってないよ、外ではほどほどにしてくれってことだから」

苦笑しながら言うダンにヒューイも小さく笑った。

「はあ～、おっかないお嬢、久しぶりに見ました……ふふっ」

「ダンの言う事も一理ですね。お気をつけ下さいませお嬢様」

ヒィィィ！　お願い！　背後から冷静に言わないでルルー！　そういうところカシーナさんに似なくていいんだよ――っ!?

一人でわたわたとしながら皆に呆れられつついると、アンディたちがもう戻って来た。

「おかえり～、会えた？」

「ただいま戻りました。テオ先生は腕試しのために出場されたのだそうです」

アンディはお付きの真似がスマートだなぁ。どこぞの国王と元学園長に見せてやりたい。これが御忍びだと！

にしても、腕試し？

「牧畜の盛んな地域なので体力には普通に自信はあるそうです。そういえば前に多くの書類を抱えて歩いている姿を見たことがありますが、テオ先生だけはフラつかずに歩いていましたよ」

へ～。あのラトルジン侯爵の仕事ぶりだ。一度に運ばされる資料も大量なのだろう。

「でも、体幹が良くたって強くないでしょう？」

「だから腕試しだそうです」

無理そうならすぐ棄権するそうですと、アンディはすぐに続けた。

それなら心配も半減するけど……

アンディが耳元まで近づいて囁いた。ん？

「そんなに先生が気になる？」

はっ!?　何でそうなる!?　近いっ！

「だだだだって姫の想い人だし、他の出場者たちは三回りくらい先生より大きいじゃない？　知り合いが目の前で怪我したら嫌だなと思うわけ……」

こそこそっと高速で説明したそれを聞いて離れるアンディ。

「そうなったら僕もいますし、まあ……姫にバレた時には怒られるくらいじゃないでしょうか……？」

それが一番怖いっての!?

笑ってるからには一緒に怒られてちょうだいよ！


そんなこんなで若干ビクビクしながら試合を観戦。

力自慢のぶつかり合いあり、技巧対決あり、一試合一試合見所あるものばかり。うちの狩猟班だってすごいけど、やっぱり冒険者《プロ》もすごいんだわ～。

そうして手に汗握り、とうとうテオ先生の出番が。武器は身長と同じ位の長さの棒。

相手は片手剣を持ったこれまたゴツいデカイ人。観客や出場者から応援されているのでベテランなのだろう。

開始の合図と同時にゴツい人は剣をテオ先生に振り下ろす。一歩が速い。

が、先生は棒で剣をいなし、二歩ほど下がっただけ。

「お？」

マークが声を出した。ゴツい人もちょっと驚いたよう。私はホッとしたけど、テオ先生が棒を何度も持ち変えてさらに首をかしげているのを見て血の気が引いた。

「棒の扱いに慣れてなさそう……？」

だよねアンディ、止めた方がいいんじゃないの!?

ゴツい人もそう思ったのだろう、にやりとし、先生にガンガン攻めこんだ。それを先生は避けたり棒で弾いたりするが、体重の差かヨロヨロする姿に見てるこっちは胃に穴が開きそうだ。

ぎゃああっ！　今髪の毛「チッ」ってなったよ!?

「へぇ、テオ先生やるなぁ」

感心するマークにアンディやお付き君たちが同意する。いやいやギリギリでしょ!?　早く参ったして先生〜〜！

と、棒が弾かれ飛んでった。先生の武器がなくなった。にやりとする相手。

ああっ！　と思った瞬間。

先生はそのまま踏み込み、相手が怯んだところを真下から顎に掌底《しょうてい》、相手が軽い脳震盪《のうしんとう》をおこした隙に剣を手刀で叩き落とし、そのまま後ろ手に捻《ひね》りあげ膝裏を蹴ってひざまずかせ、背後から腕で首を締めてゴツい人を落とした。

……は？

審判がゴツい人の気絶を確認して、先生の勝利を宣言。

大歓声。

アンディたちがすごいすごいと騒いでいる中、私だけがポカンとしてる。

「姉上！　兄上の先生はスゴいですね！」

…………ほんとだねぇ……


結局。

先生は三回戦で負け、大会終了後の現在、着替えた私たちとジアク領商店街にてお土産《みやげ》お買い物ツアー中。そしてなぜか一回戦でのゴツい人も一緒です。

「気絶なんて駆け出しの頃以来だった！　牧童《ぼくどう》ってのは細っこい体で大したもんだ！」

「ははは、もう牧童って年じゃありませんよ」

「がははは！　確かにな！　だが、まさか文官に負けるとは思ってなかったわ！」

「上司が、文官も体力だと仰《おつしや》る方なので基礎的な動きは日課にしてます」

「そうかい大した上司様だ！　まったく文官だからと侮れん！　がはは！　お、ここだここ。女の子に人気の雑貨屋だ。ここの親父とは呑み仲間でな。おおい！　お客だぞー！」

ゴツい人は何のためらいもなく、可愛いリースが飾られたドアを開けるとドカドカと店内に入って行った。

ゴツい人、声デカイ……いや、おおらかで面倒見がいいのはわかったんだけど。

てか、武闘会とうたっていても本質はお祭り。どれだけボコボコにされようと試合が終われば相手を讃える。まあ、試合の怪我は無償で治癒回復されるし、通常、ギルドで依頼にあたる時には手を組むこともあるわけで、気に食わない相手だろうとも酒で解決できる雑さがある。

私らもいるからお酒は飲んでいないけど、ゴツい人は先生が気に入ったようで、姪っ子ちゃんたちにお土産を買わなきゃいけないと聞くと、女子に人気の雑貨屋があると案内してくれたのだ。

しかし……ゴツい人とファンシーな雑貨屋……何のミステリー？　……と思いながらドアをくぐると奥からこれまた野太い声が。

「お前は表《おもて》から入って来るんじゃねぇと何回言わせんだコラァッ！」

なんとスキンヘッドのゴツいおっさんがカウンターの奥からのっそりと出て来た。

は？　ここ、女の子に人気の雑貨屋ですよね？

「だから前回は裏口にまわったろうが！　そしたら騎士団に職務質問食らったぞ！　どこから入れってんだ!?　表で叫べってか？　おきゃーくでーすよー！」

「その面《つら》を作り直してから来い！」

……ファンシーな雑貨屋で、ゴツいオヤジたちが言い争っている……

「何この絵面《えづら》……」

うっかり呟いたら、おっさん二人がぴったり同じタイミングでこちらを向いた。うお。

と。何か言おうとした二人はスコーンスコーン！　といい音をたて、後頭部を押さえた。

「店で騒ぐんじゃないよっ！　店番は静かにっ！」

二人がしゃがみこんだ奥には、これまた恰幅のいいオバサンが靴を片手に腕を組んで立っていた。

オヤジたちを一睨みしたオバサンは靴を履いてから、仕切り直しとばかりに微笑んだ。

「騒いでしまって申し訳ありません。どうぞ、ゆっくりご覧になって下さいね」

そう言ってオバサンは頭をさするオッサン二人の首根っこを摑んでギャーギャー言いながら引きずって行った。

ぶふぅ！

先生が噴いた。私たちもそれにつられてお店の入口にたまったまま大笑いしてしまった。

「は～、おかしい。え～と、女将《おかみ》さーん？」

呼びかけに元気にはいはーいと返事をしたさっきのオバサンがパタパタと売り場に顔を出した。

「騒いでしまってごめんなさい。彼は私たちを案内してくれただけなの。あまり怒らないであげて？　ぶふっ！」

つい噴き出してしまった私に呆気にとられた女将さんは苦笑した。

「あの人とうちの夫《ひと》、会えば言い合いになるのは昔からなのよ。びっくりしたでしょ、ごめんなさいねぇ。まあ見世物だと思ってちょうだいな」

なんてサービスだ！　得したと言ったらオバサンは目を丸くした後に今度は声を出して笑った。いい笑顔。どれ、じっくり見ますかね〜。

メインはどうやら手編み物のよう。レース編みの壁飾りや花瓶敷き、花の形にした髪留めやブローチ、お高いレースの手袋もある。すげー！

ドロ《う》ードラング《ち》ではまだレース作りは余裕がない。そうか、服専用じゃなくて小物系でもいいのか〜。可愛いなぁ。

触ってもいいと女将さんにOKをもらい手に取ると、触り心地が柔らかい。

ジアク領って綿《めん》産業が主流だっけ？　とアンディに聞いたら、先に女将さんが作業場で余った糸を捨て値で買い取って作っていると教えてくれた。

「娘のいる家はどうにか可愛らしいものを付けてあげたくなるからねぇ。もともとは各家庭の余り物で作っていたのが始まりでね、この店の商品は街の母親たちの手作りなのよ」

だから余った糸か。

「けっこう可愛いでしょう？　お金を出すから作って欲しいって人もいてね、こうしてお土産用に店に置くことにしたのさ。まあ綿糸だからすぐへたれるし、余り糸はわりと多いし、主婦は小遣い稼ぎができるしで、今のところは上手く回ってるよ」

なるほど。小さくやってるから利益も出るって、いい見本だわ。

「何より、息子しかいない家の母親たちが楽しいって作ってくれてるの」

なるほど！　そういうのも大事だよね！

同じ形の花でも、糸の太さが違うと雰囲気が違う。毛糸もあったり、麻もある。麻は髪飾りよりも小物入れだったり、壁飾りだったりだけど可愛い。

ずっと、何代もの母親がその娘に贈ってきたもの。少しずつ形は変わっただろうけど、その行為は今も継がれている。

「いいですね」

女将さんを見上げると、彼女はにっこりと笑った。

「ふふっ。うちも息子しかいなくてね。誰かに作りたくてしょうがなかったのさ」

いいね～！

女将さんと握手を交わし、また他の商品を見ていたら、黒いレース編みのリボンと、同じ模様の深緑色のリボンがあった。

ふとアンディを見ると、男たちだけで何かを見ている。

レシィと私でお揃いにすれば、アンディもお揃いにできる？

……いやお揃いって！　いやいやいやいや！　……でも、うーん可愛いなぁコレ……黒なら男でも、あ！　これならタイのリボン用にしてもいいんじゃなかろうか？　真っ直ぐになるようにって難しいかな？　うーん、店の基本が女の子用だから女将さんに聞いてみてだな。特注になっちゃう？

「姉上は何を見てるんですか？」

いつの間にかサリオンが私を見上げていた。あれ？　男子は向こうに集まってなかった？　終わり？

「あ、黒いリボン。兄上にあげるのですか？」

なぜバレた!?　え？　今私リボンを見てなかったよね!?　え？　実は見てた!?　無意識に見ちゃってた!?　恥ずかしい!!　てかパニクってないでレシィにお土産って言い訳を、いや言い訳でもないんだけどっ！

「僕に？　嬉しいなぁ、どれを？」

アンディも来ちゃった！　何か恥ずかしいんだけどっ！

サリオンが指さしたリボンをアンディが見る。

「いいね。ああ、色違いもあるからお揃いにしようよ」

おおお揃いで良いですか！

そう言った後、アンディが私をじっと見つめてきた。なになに？　え？　さっき食べた何かが付いてる？

「お嬢の目って光の加減で緑が混ざるんだよね。僕はこっちの深緑にしよう。だからお嬢は黒いリボンね」

え？　緑？　そうなの？　そして何でアンディが深緑？　逆でしょ？

「黒は僕の色だから、付けてね？」

ぐはあぁっ!!　だから色気増しで微笑まないでぇぇぇっ!?

「おぉ、どこでも容赦ねぇなアンディ……」

感心したようなマークの声が聞こえた。

「アンドレ、アンディさんはやりますね……意外です」

これまた感心する先生に、最近の通常ですとラミエリ君とムスチス君が説明。飾らない事も大事だと思わされましたとしみじみ付け足した。

「へぇ？　……いい男だね？」

女将さんまで参加！

そうですよ！　たまにブッこんで来るのが大変なだけで、とてもいい男なのです！　ちくしょー!?

そして、私が真っ赤にオタオタしてる間にアンディはリボンの会計を済ませ、さっさと自分の髪に結び、私のはルルーがササッとやってくれた。

止める間もない!?　いやいいけども！

……お揃い……

アンディがにこにこしてるので、つられて、へらりとしてしまった。好きな人が嬉しそうににこにこしてたら勝てない。無理。

ドレスの色を合わせた事はあったけど、小物のお揃いはまた違う。お互いの色って、こそばゆい……。

「あらあら、可愛いねぇ」

女将さんが微笑ましそうに言うと、ルルーやヒューイがそうなんですと乗っかった。

あああ！　恥ずかしい！　レシィやミシルにも何か買おう！　そうしよう！

先生も姪っ子ちゃんたちにたくさん買い、私も何点か購入。そして、こういう時のために持ち歩いているスパイダーシルクを出して、女将さんに太めのリボンをお願いした。もちろん試作として、まず出来上がるか、完成までの日数などをみて、お店の仕事として成り立つかどうか教えてもらうことに。出来上がりはギルド経由で連絡をもらうことにしてお店を出た。

私が最後に出て店のドアが閉まった時、頭上を何かが翳《かげ》った。

誰かに手を引かれ、私がさっきまで立ってた場所に剣が刺さった。その剣を手にしてるのは全身をボロ布で覆った人。ボロ布は頭にまで巻かれ顔がわからない。

周囲を確認すれば、アンディはお付き二人と先生に庇われ、サリオンにはダンとヒューイと白虎が付いてる。私を引いたのはマークで、もう不審者に飛び掛かっていて、ルルーは鞭を出して私を庇いながら周囲を睨んでいる。

「半径百メートルに魔法使いはいない！」

アンディが叫ぶ。探知魔法の展開が速い。

マークと不審者の剣のぶつかり合う音が途切れない。強い。

「向かいの屋根からもう一人！」

ヒューイの注意にそちらを見れば、両手に短刀を持つボロ布不審者が飛び降りてきた。

ラミエリ君とムスチス君が出て剣をふるう。

この隙にアンディは先生と、私はルルーと共にサリオンに寄る。

「何か飛んで来ます！」

またもヒューイが叫んだ瞬間、流れる水の壁が私たちを囲んだ。アンディだ。

私は魔法を使っていないしサリオンはまだここまでできない。壁に阻まれ勢いがなくなった矢が一本ぽたりと落ちる。

ぴゅ、ピュ、と水壁から鏃《やじり》が顔を出してはぽたりと落ちていく。……十二本で止まった。

この間も水壁の外では剣のぶつかる音が途切れない。マークが手こずるなんて結構な腕だ。二人目の方もラミエリ君とムスチス君の二人がかりなのにまだ決着がつかない。矢を射ってきたのも合わせて敵は三人。

「上！　来ます！」

ヒューイが上を見て叫ぶと、水壁を飛び越えて不審者がまた現れた。三人目はナイフを一本だ。

「お嬢様、私が」

ルルーが前に出ると同時に鞭が不審者のナイフを弾いた。抱いたサリオンの肩がほっとした瞬間に不審者は二本目のナイフを取り出す。

「私も、」

「駄目よ先生、連携の取れない仲間は邪魔だわ」

一歩踏み出した先生が止まる。

《姉上、大きくなるか？》

白虎が見上げて聞いてきた。

「備えて。正体をさらすのは最後の手段よ。サリオンは任せる」

《うむ！》

「逃げる時は姉上たちも！」

サリオンが私の服を摑む。

「最後の手段よ。もちろん逃げる時は全員一緒よ」

にこっと笑うとサリオンもにこりと頷く。うん。

「おお怖ぇ。お嬢のその顔が出るなら事態はまだ余裕だよサリオン。ただし逃げる時のために気をゆるめるなよ」

　おいダン、どういう意味だ！

　ぐあっ！　と水壁の向こうからマークの声が聞こえた。

　ルルーの鞭が鈍る。その隙をついてルルーが相手をしていた不審者がこちらへ近づいたのをテオ先生が止めた。あれ？　先生？　ダンじゃないの？　見ればダンの服をヒューイが摑んでいる。

　先生と不審者は素手でやり合っている。おお！　先生すげぇ！

「すみません！」

　不審者のナイフを三本持って来たルルーが謝る。大きな怪我もないようだしよくやった！　だけど。

「アンディ、水壁を解いて。状況の確認をしたいわ。合図をしたら消してくれる？」

「わかった。水壁は向こうが見えないのが難点だね」

　そう。見えないってのはしんどい。狭い中に敵もいるし、そうなると水壁を維持する理由も弱い。

「いい？　ヒューイ？」

　ダンの服を摑んで難しい顔をしていたヒューイだけど、眉毛を下げて私を見た。

「すみません、状況がうまく聞き取れなくて。打ち合いの音は変わらず聞こえますが他が……」

視力が弱かったせいかヒューイは耳がいい。それがいかせず食いしばっているけど、結構な能力よ？

「ヒューイ、落ち込まなくていい。さっきのもだし今も助かってる。こういう事は経験も必要よ。だから今はできる事をしよう」

最後のは皆に向かって言えば、全員が頷いた。よし。

ヒューイがダンを摑んでいるということは、他の危険を察知したか危険要素があると判断したから。

壁がなくなったらまた状況は動く。

サリオンを中心に構え、水壁を解いてもらうと、四方から矢が飛んで来た。

「四人！」

サリオン、白虎、ヒューイを今度は私の風の壁で囲い、矢が上昇気流につられて舞い上がるのを横目に、ダン、アンディ、ルルー、私で矢の飛んで来た方向にそれぞれ走る。風壁の維持は白虎に任せる。

あっちとこっち、二ヶ所の屋根の上にいるボロ布不審者をダンと私、前方と後方の路地にいたボロ布不審者をアンディとルルーがそれぞれ追う。

「深追いするなよっ！」

マークの言葉に応と答え、私は魔法で飛び、屋根伝いに逃げようとしたボロ布不審者を魔法網で捕獲。ダンは家の壁を飛び移りながら屋根に上がり、ボロ布不審者を蹴り落とした。ルルーは鞭で拘束。アンディはバスケットボール大の水球を不審者の顔に被せ、弱ったところをダンの落とした不審者と共に水ロープで拘束。

四人の不審者をまとめて拘束すると、ダンがスケボーを取り出し、テオ先生の相手に体当たり。ルルーがさっき拾ったナイフをマークの相手に思いきり投げつける。

アンディはラミエリ君とムスチス君を巻き込むほどの大量の水を不審者の頭上に落とした。

その隙を一気に準備していた魔法網で捕獲。

ボロ布不審者を全員捕まえた。

マークも先生も怪我があり、ラミエリ君とムスチス君に至ってはずぶ濡れだ。アンディが二人に謝っている。

《敵はいない》

亀様の報告にやっとホッとできた。

風の壁を解いたサリオンたちがこちらにやって来る。

「姉上！　皆も無事ですね？」

あ～！　うちの子可愛い～！　サリオンの頭を撫でて和んでから、マークの相手をした不審者のリーダーの顔を見るべく布を剝《は》ぎ取った。

ら。すっげー見慣れた顔が出てきた！

「「「ヤンさん!?」」」

「よう」

あっけらかんとしたヤンさんに混乱しながら他の不審者の布をガツガツ剝ぎ取っていくと、ラミエリ君たちの相手はダジルイさん、先生の相手はコムジ、屋根にいたのは私が捕まえた双子兄ザンドルさん、ダンが蹴り落としたのが双子弟バジアルさん、アンディが水攻めにしたのはトエルさんで、ルルーが縛ったのはライラだった。

「何コレ!?」

「抜き打ち襲撃」

またもケロッと答えるヤンさん。魔法網を解除すると不審者役の皆がやれやれと体を動かす。

バジアルさんなんか屋根から落ちたからね、治癒！　回復！

「あんたら二人は新婚旅行に行ったんじゃないんかい!?」

「ダジルイがお嬢の様子を見たいって言うから、ついでにヤッちまおうってなったんだわ」

ヤるって何だ!?

「そしたら見慣れないトゥラントゥール様が付いてるから何事かと思って、即決行したわけ」

意味がわから――ん！　そういう時は様子をみましょう!?

混乱して何も言えないでいる私をよそに、ヤンさんは涼しい顔。

「まさか全員捕まるとはな。なかなかの連携だった。ルルーがマークにまで本気でナイフを投げた

のは良かった。あれで意表を突かれたよ。ただしマークがやられてすぐに動揺するのはな？」

すみませんと言うルル。マークがちょっと嬉しそうなのが何とも。ナイフ投げられたんだよ？　つっこんだら？

「ヤンさんとは手合わせしたことが少ないから気付かなかったです。途中からはどうやって皆を逃がすかばっか考えてました」

「ははっ、お前の強みは体力だ。相手の疲れを誘え。俺は疲れた」

あざす！　じゃないって、マークよ。

ヤンさんはラミエリ君とムスチス君の方を向いた。

「ラミエリとムスチスもいい連携だったが、二人がかりならダジルイ程度には余裕で勝てるようにならなきゃ困る」

はい、と神妙に返事する二人。……ダジルイさんてこんなに強かったっけ？

「私、いなすのは得意なんです」

ダジルイさんはその技術をドロードラングへ来てから磨いたらしい。やっぱ腕力体力の差は男女の壁だから。でもここまでとは。

あ！　びしょ濡れの三人を乾かさなきゃ！

次にヤンさんはダンとヒューイを見る。ダンがびくっと直立する。

「ダンはヒューイがいねぇと突っ込む癖が出る、気をつけろ。ヒューイの判断は良かった。矢の音もよく聞き取ったな」

ダンはしゅんとし、ヒューイは真面目に返事をする。

次はアンディ。

「アンディはあの短時間でよく魔力探知を展開できた。ただし百メートル以内に魔法使いがいなくても、その外から魔法を使われる事もある。忘れるな。水壁も過信するなよ。敵の人数が不明な時は使い勝手が悪いだろ？　おかげでこっちからは予定より近づけた。ああ、水球は良かったぞ、あれは使える。それにしてもこんなに色々と素早く魔法を繰り出せるとはな。魔法の長短を使いこなせるように」

はい精進しますって、アンディは王子なんですけど、そこはスルーですか？

水球を喰らったトエルさんは、死ぬかと思ったってまだ仰向けのままだし。

「サリオンはよく大人しくしてた。騒がれるだけでも気が散るからな。だから作戦としては騒ぐのもひとつの手だ。コトラもよく我慢した」

照れるサリオン可愛い～、白虎もナァ～！　って猫の真似が上手いな！

「お嬢」

うっ。ヤンさんの声が呆れてる。うう、ダジルイさんが苦笑してる。

「頭《あたま》が飛び出すな。前半は大人しくしてたのに、人数が丁度良かろうと、司令塔が動くな。お嬢が全てやっちまうと他が育たないと何度も言ってるだろう。それも領主の仕事だ」

「はい……」

「ゆくゆくはサリオンがドロードラング領の当主になるが、今現在、領の要《かなめ》はお嬢だ。優先順位と仲間への信頼を間違うなよ」

はい。

優先順位。何を優先にするのか。

仲間への信頼。こちらのダメージを少なくするには。さらに状況打開に適した配置。

いつまでも私が先頭に立てるわけじゃない。

亀様が永久に助けてくれるわけじゃない。

クラウスだって不死じゃない。

その時に頼るのは皆であり、隣の人。

その時に誰かを助け、共に逃げられるように。

その心構えが必要。

……わかってるつもりだけど、つい出ちゃうんだよね……気をつけよう。……は～ぁ、領主って面倒、

「領主が面倒とか今さら思うなよ」

何でわかった――っ!?　読心術!?　ヤンさん怖ぇっ!?

「顔に出てる」

ええ～!?

そしてヤンさんはコムジを促《うなが》して立ち上がるとテオ先生の前へ。

「本当に突然現れたんで貴方の様子を見ました。失礼してすみません。そして、守っていただき感謝いたします」

ヤンさんとコムジが頭を下げると、先生は慌てて両手を振った。

「いいいいえいいえ！　アンドレ、いえ！　子供たちもいましたので当然の事です。私の腕でも時間稼ぎにはなりましたし、疑いも晴れたようでホッとしております」

にやりとするヤンさんに、ははっと苦笑する先生。

ああ、だからあの時ヒューイはダンを止めたのか。

不確定要素が最重要人物のそばにいるのは確かによろしくない。

あ～あ。

「亀様も協力ありがとさん」

《うむ。想定以上に動けたな》

なんだ、亀様はヤンさんに聞いてたのか。道理で静かだと思った。

「というわけで総合点は五十点。帰ったらお嬢は淑女教育増しになる」

……………はああっ!?

「何でっ!?」

「ちょっとでも飛び出したら、っていうカシーナの採点分な」
うがあああっ!!　アウトぉぉぉっ!?
がっくりと四つん這いになった私を皆が笑う。

…………さようなら、私の夏休み……

ハ～ァ。

おまけSS③

玩具の指輪

「よし終わり」

今年のドロードラング夏休み合宿に、アンドレイは学園からの課題も持って来ていた。三年生の課題は多い。

学園卒業後に兄であるルーベンスの部下になるアンドレイには、それ用の課題もあった。

来年からは合宿に参加できないだろうなぁ……

教師助手となったサレスティアがどれくらいの期間、学園にいるかはわからない。ただ、学園にいる間はサレスティアが引率するだろう。

ますます一緒にいられる時間が減るなぁ……

実際には、玄武のおかげでどこにでも転移が可能なので、一般人よりは十分《じゅうぶん》以上に会える時間は作ろうと思えばある。

だが、アンドレイもサレスティアもそれを常用する事を良しとしない性格であった。

『アンディ、起きてる？』

アンドレイの耳元でささやかにサレスティアの声がした。こちらを気遣う様子が愛しい。

「起きてるよ。補習終わったの？　お疲れさま」

補習とは、先日ジアク領にての失点によるもので、サレスティア限定の淑女教育である。サレスティアの仕草はアンドレイからは十分に淑女に見えるのだが、侍女長はさらに高みを目指すらしい。ダンス練習を手伝った時にサレスティアと共に思い知った。

だが今回の事は、王都と領地で離れている侍女長の思いも絡んでいるのだろう。

サレスティアを直接には助ける事ができず申し訳ない気持ちはあるが、母親代わりである侍女長との親子の時間も必要だろうと、アンドレイは大人しく部屋で課題をしていた。

『つーかーれーたーよ～』

アンドレイが起きていたとわかると、サレスティアの声が若干大きくなった。

顔を見たい。

でも、もう十時だ。夜も遅い。

ふと、カーテンを少し開けると、夜空に星々が瞬いていた。

「お嬢、星が綺麗だよ。見える？」

『え？　ちょっと待って……わあ、ほんとだ～！』

サレスティアの声に張りが出た。少しでも気晴らしになったようで、アンドレイは一息つく。さて、次はどうしようか。

『会いたいけど、今から部屋に行くのは問題よね……？』

ドロードラング領屋敷にあるアンディの部屋は、婚約者となった時から一部屋隔てた隣りである。近い。部屋同士の行き来はできないようになっているが、廊下以外を使うならばバルコニーが繋がっている。

ああ、どうして我が婚約者殿は可愛い事を言うのだろうか。

こっちは我慢してるというのに。

『あ。バルコニーはどう？』

逢い引きするには部屋と大して変わらないよ？　と思いつつも、特に訂正はしない。

二人だけで会いたいから。

「そっちに行くよ。僕の姿が見えたらバルコニーに出てくれる？」

『うん！』

警戒心がないのもどうかと、アンドレイは嬉しいため息をついてバルコニーに出た。

暗いけれど星明かりで十分に辺りが見える。アンドレイはスタスタと普通に歩いた。サレスティアの部屋に差し掛かると、部屋へのドアが開き、サレスティアが現れる。

サレスティアはドアを静かに閉めるとタタタッと近寄り、アンドレイが両手を広げるとそこに素直に収まった。サレスティアの手がアンドレイの背中に回る。

抱きしめるとサレスティアの力が少し抜けること、そして、同じ石鹸《せっけん》の匂いにクラリとする。

「来てくれてありがと」

サレスティアのくぐもって聞こえる声がくすぐったい。

「こんなに近くにいるなら会いたいよ」

アンドレイがわざと首もとで声にすると、星明かりでもはっきりわかるほどにサレスティアの首が赤くなる。

可愛い。面白い。可愛い。

アンドレイはわき上がる何かを抑えるためにドロードラング領民の顔を思い浮かべた。

今こうして二人でいられるのは、皆の信頼があるから。

婚約者だからと何でもしていい事はない。婚姻までは清い仲であることが望ましい。

サレスティアを愛しいと思うからこそ、彼女が一番大事にしている人たちを蔑《ないがし》ろにはできないし、アンドレイ自身もすでにそうである。

行き過ぎた時の恐ろしさが想像できるから、というのももちろんあるが。

断腸の思いで少しだけ離れると、はにかむサレスティアが目の前にいる。

アンドレイは理性を総動員した。

「今日の分の課題は終わったの？」

お互いに相手の体に回した手はほぼそのまま。

「うん。終わって、お嬢はどうしたかなと思ったら声がしたから、少しびっくりしたよ」

「おお、私すごーい！」

ニカッと笑うサレスティア。初めて会った時から変わらない。

ぽふ、とまたアンドレイにくっつく。

「良かったー、アンディの邪魔にならなくて」

「何よりもお嬢を優先したいけど、なかなかね」

「ふふっ、嬉しいけど、そんなアンディは嫌だわ」

「わかってるよ。僕だってお嬢はお嬢らしくあって欲しい」

くっついてしまうと、離れがたい。

「アンディの勉強してる姿、格好いいから我慢できるよ」

「……判断が難しいな」

「一所懸命な姿、格好いいよ」

「例えば？」

「魔法と剣の練習とか」

ドロードラングでの特訓は特にメタメタにされる。終わると立ち上がれなくなるほどだ。どこがいいのだろうと不思議に思う。

「……魔法とか、剣の練習は埃だらけだよ？」

「懸命にやった証でしょ？　格好いいわ」

「んー。格好いい僕じゃないと駄目かー」

「違うわよ。アンディの格好いいところを言っただけ。カッコ悪いところは～、ケーキを食べる時にクリームがちょっとだけ口のまわりに付いて～、遊園地のコーヒーカップが苦手で～、チビッ子の相手にわたわたして～、ピーマンが嫌いでしょ～、剣の練習で思うようにいかなくて叫んだり～、あと～、」

「まだあるの？　よく見てるなぁ、恥ずかしい……」

本気で恥ずかしくなったので、誤魔化《ごまか》すように抱く手に少し力を入れる。

「だって好きだもん」

呼吸が止まる。

顔を見たくて離れようとしたら、サレスティアはがっしりとくっついて、アンドレイの肩から顔を離さない。

その肩が熱い。

「ちゃ、ちゃんと、言ったこと、なかったから…………い、今さら、だけど……」

サレスティアの気持ちはわかっていた。

わかっていたけれど。

「もう、いっかい、いって……？」

「うっ！　…………あ、……アンディが、好き……」

言葉にされると意識が飛びそうになる。

と、知った。

「嬉しいよ。とても、嬉しい……」

腕に力を入れる。サレスティアを抱き潰《つぶ》してしまわないように。

何てことだ、こんな試練があるとは。

アンドレイは混乱しながらも、今夜の本来の目的を思い出し、実行するために力を抜いた。サレスティアの力も少し抜けるが、まだ顔を離さない。

「お嬢、渡したい物があるんだ。玩具《おもちゃ》だけど」

玩具という単語に顔を伏せたままのサレスティアがそろそろと少し離れる。

その様子を見ながらアンドレイは一歩下がり、サレスティアとの間に一人分の隙間を空けた。

名残《なごり》惜しそうに離れるサレスティアの左手をそっと摑む。

「あの雑貨屋で、皆で見つけたものなんだ」

四つしかなかったのでサリオン以外の男たちで買い占めてしまったそれは。

白糸をベースに銀糸が一筋だけ入ったもので編まれた指輪。

マークはルルーへ。

ダンはヒューイへ。

先生はお土産として。

「サレスティアへ」

指輪が少し伸びるので、薬指へ嵌《は》めるのは想定よりも楽だった。サレスティアの指が細いのもあるだろう。

「玩具だけど……」

合宿での討伐に出た時のアンドレイ自身が稼いだ報酬。

何かに使うなら、サレスティアに。

玩具だけど想いだけは込めてある。

毎日付けなくていいし、なくしたって構わない。

――アンドレイからの指輪をサレスティアが嵌めた――

その思い出だけでいい。

アンドレイはそういう思いで、指からサレスティアの顔へと目線を上げれば、笑顔のサレスティアの目から涙がこぼれた瞬間を見た。

サレスティアが自身の左手をじっと見るので、涙はこぼれるままだ。くちもとは小さく震えている。

「……嬉しい……」

「……そんなに喜んでもらえるなんて思ってなかった」

申し訳なくなり、玩具でごめんと続ければ、サレスティアは首を横に振った。

「好きな人にもらえるなら、玩具だってすっごく嬉しい」

左手を、右手で大事そうに包んだサレスティアは、アンドレイを真っ直ぐ見つめて微笑んだ。

「ありがとう。とても嬉しい」

夢みたい。

呟いたサレスティアは今度は左手を夜空にかざした。指輪が小さく小さく星明かりを反射する。

夢みたい……

アンドレイの望んだ姿が目の前にあった。

喜んでくれる予想はしていたが、ここまでとは思っていなかった。

可愛い。いとおしい。

「サレスティア」

再び、両手を広げて呼ぶと、サレスティアはそっとアンドレイにくっついた。

ゆっくりとまた、お互いの背に手を回す。

「指輪、大事にするね」

「……指輪だけ？」

いたずら心からそう言えば、サレスティアはアンドレイを見上げて笑った。

「アンドレイの全てを」

サレスティアの、自信に溢れる姿に惚れ直す。

アンドレイは、サレスティアとこつっと額《ひたい》を合わせた。

「ありがとう。僕も君の全てを大事にする」

君に、一番に頼られるように精進します。

ふふ、お願いしますと笑うサレスティアの息がアンドレイの顎をかすっていく。

アンドレイの息も、サレスティアに触れているだろう。

ずっと、ずっと、そばに――

おまけSS④

こうしたらどうなるのクイズ

はい！　皆さまお待ちかね！　青空ステージにようこそ！

【こうしたらどうなるの？　クイズ】の時間です！

本日の司会も僭越《せんえつ》ながら私《わたくし》、ドロードラング領屋敷侍従長ことクラウスがつとめさせていただきます。

この企画、クイズと銘うってはおりますが、お客様参加型ではございません。ご注意下さい。

さあ！　まずは例題です！

どうぞご登場下さい！　皆さまご存じ！　サリオン様と仔虎様こと白虎様です！

ささ、どうぞ、こちらのステージ中央までいらしてくださいませ。

はい、ありがとうございます。

さて、こちらのお二方！　我がドロードラング領の人気者！　興行収入爆上がりの立役者でございます！

さっそくで申し訳ありませんが、融合をお願いします。

さあ！　ここだけの特別ショー！　融合の瞬間です！

お互いの魔力が絡み合い、それがキラキラとひかり輝く様が美しい！

そして現れるそのお姿は!!

ただただ可愛いぃぃぃぃっ!!　の！　です!!

8才となられたサリオン様は変わらず愛くるしく、白虎の耳！　尻尾！　そしてもふもふの手足！　がさらにその魅力を増幅っ！

まさに至上！

褒めると照れるお姿もまた至高!!　もはや芸術です!!

……ふぅ。たかぶり過ぎました。失礼いたしました。

サリオン様、仔虎様、ありがとうございました。


さあ！　皆さまおわかりになりましたでしょうか。

白虎以外の他の四神が人と融合すると、どんな姿になるのか！

四神全面協力のもと、クイズとしてお送りします!!

ありがとうございます、ありがとうございます。これほどの反応がありますと、企画を立てた甲斐がありますね～。

おっと、あまり時間をかけるのもよろしくありませんので、サクサク進めますね。

続きましての登場は！

約五十年の遠距離恋愛を成就させました！　朱雀様と！　村長ことシュウ様です！

え？　恋愛じゃない？　しかし進行表にはそう書いてありますし、まあ今さらですよ、シュウさん。人型の朱雀様が今もべったりですから他に言いようがありません。

朱雀様、申し訳ありませんが、本来のお姿になってくださいませ。人型ですと融合について色々と支障がありますので……

はい。お手数おかけします。

おお！　初めてお会いした時は大きな雀でしたが、現在は孔雀くらいなのですね！　本来はこの大きさ？　鳥であればどんな種類にでも？　おお！　そうでしたか失礼致しました。

朱雀様がシュウ様の肩に乗る姿もまた絵画のようです！　素晴らしい！　本日も紅色が美しい！

おっと！　こちらの融合は炎のように揺らめく光です！

動きが激しいですが、そばの私《わたくし》はまったく熱くありません。不思議ですねぇ、あ！　光が弱まってきました！　いよいよです！

お、ほおおおおっ!!　これは！　孔雀のような華やかさではありませんかっ!!

い、いとさかを表すかのように頭上に立ち上がった羽！　見る者に神々しさを感じさせる尾羽《おばね》！　それらが半裸のシュウ様を燦然《さんぜん》と輝かせますぅ！　どこかの国のお祭りのようですね！　そう！　サンバです！　サンバ！

なんでしょう？　シュウ様に合わせてステップを踏んでしまいそうです！　ははっ！　踊り子のようで楽しいですね！　お客様もどうぞ踊りましょう！

おやシュウ様？　涙目ですね？　どうしたのです？

え？　恥ずかしい？　何を仰いますか、見事な細マッチョに観客席からピンクのため息が漏れていますよ？

え？　そこじゃない？　朱雀様が？　踊りが大好きで？　ただいま暴走中？

あ！　シュウ様どちらへ!?

……ああ、踊りながら行ってしまわれました……

しかし、楽しい時間でした。皆さまも楽しまれたようで何よりです。


さあ、次のお二方にご登場いただきましょう！

ミシル様と青龍様です！

本日も可憐なミシル様に、礼儀正しきタツノオトシゴ姿の青龍様です！

どうぞ遠慮なさらずにステージ中央までいらしてくださいな。

はい、ありがとうございます。

さ、一部では四神融合の一番の萌えに成りうると噂のお二方です！

おや、ミシル様はご存じありませんでしたか？　まぁ、こういうものは得てして本人には届かないものです。あぁ青龍様、萌えについての説明はまた今度詳しくさせていただきますので……はい、ご了承ありがとうございます。

ではさっそくお願いします！

おっと男性のお客様方、鼻息が荒いようですがステージには上がらないようにお願いします。もしお守りいただけなければ、不肖《ふしょう》このクラウスが全力でお止めいたしますよ。……結構。

では改めまして！　お願いします!!

おおおっ！　まるで川のせせらぎのように穏やかな光です！　癒されます！

おや？　水流が少しずつ広がっていますね？　失礼してステージの端に移動します。あ、ここまでですね。ステージからはみ出すかとドキドキしました。

あ！　水流が止まりました！　いよいよです！　噂のお姿になるにはだいぶ大きなようですが、サービスならばありがとうございます！　どうぞーっ!!

!!

なんと！　ミシル様が八人！　八人になっております!!　これはもしや！　ヤマタノオロチ!?

まさかのヤマタノオロチ!!　人魚を期待していた方たちの魂が抜けています！　皆さましっかり!!

可憐なミシル様が残っているのは頭部のみ！　青白い鱗にびっしり覆われた首から下の肌は凹凸がなく萌えも何もありません！　……しかしこの大きさ、強そうです！

あ、泣いちゃった……すみませんミシル様！　年頃のお嬢さんに大きくて強そうはなしでした！

申し訳あり、え？　違う？　青龍の馬鹿？　え？　ああっ!?　ミシル様ぁぁぁっ!!

ああ……、観客席をひとっ飛びして行ってしまわれました……ヤマタノオロチは意外と身軽なのですねぇ。ゾゾゾゾと何かを引きずる音が遠ざかっていきます……

はっ！　皆さま、余波は大丈夫でしたか？　あぁ私《わたくし》もちょっと髪が乱れましたね。手ぐしで失礼します。

おや、女性の皆様の悲鳴が聞こえましたが、え？　ご褒美《ほうび》ありがとう？　何かありました？


さあ、いよいよ最後のお二方ですっ!!

我がドロードラング領主、サレスティアお嬢様と、魔物にしてもはやドロードラング領の守り神、亀様です!!

おやお嬢様、亀様のぬいぐるみは？　え！　せっかくだからとステージの外に亀様が移動してくれたですって？　なんとなんと！　ステージ背景撤去してくださーい！　スタッフ～ッ!!

おお、見る間に撤去されました、さすがうちのスタッフです！

そして改めまして！　ステージ奥に見えますのが！　大き過ぎて鼻部分しか見られないのが残念ですが！　あの方が！　玄武こと亀様です!!

時間が迫ってるからさっさとやるわよ？　イエイエお嬢様、皆さまの前でどれほどにお嬢様の魅力をお伝えしようか、え？　いらない？　恥ずかしい？　心からいらない？　……そうですか……

いえ、いつかどこかでやりますので、本日は我慢します。

ハイでは！　お願いしますっ!!

ふおおおおっ!!　ステージいっぱいに砂嵐が!?　竜巻です！　まさかこんなに激しいものが!?

ああ！　会場が壊れていく！　それでも私《わたくし》にも皆さまの方にも何も害はありません！　さすがの亀様ガードです！　お嬢様！　亀様！

しかし大きい……先ほどのミシル様より規模が大きい……あ！　弱まってきました！　皆さまいよいよです！　うちの可憐なお嬢様の優美な姿をどうぞご覧くださっっ!?

……………………何ですか……これは……？

……亀様の頭部にお嬢様の髪が乗っかっただけのようですが……？

……フフッ、フフフフフフ…………


責任者っ！　出てこいやあっっ!!!

ガバァッ!!　と起き上がったサレスティアは、自分がベッドにいること、カーテンの隙間から朝日が射し込んでいることを確認してから、寝汗でびっしょりの額をぬぐった。

最後に見た真っ黒なオーラを纏った鬼の形相のクラウスをそっと思い出し、両手で顔を覆ってまた安堵《あんど》の息をつく。

「……ゆ、夢で良かった～……！」

四話　やった！　です。

ドロードラング領の秋は領民総出で収穫が行われる。

今ではホテル業があるので総出ではないけれども。

私だって例外ではない。学園での週一の休日は転移で領に戻って手伝う。何だったら上司であるエンプツィー様すらこき使う気持ちではいるのだけど、一応ご高齢なので諦めている。残業で休日出勤にならないように平日は毎日エンプツィー様を締め上げて仕事をさせ、私の休日を確実にもぎ取っている。

虐待？　ＨＡＨＡＨＡ！

ブラック職場で休みを確実に取る事で心の平穏を保っていますが何か？

その采配をしなければならない上司が、隙あらば趣味の研究に没頭しようと逃げるのを取っ捕まえるのがほぼ日常ですが、ナニカ？

秋はね！　収穫祭があるのよ！　いつかの盗賊どもを捕まえた時からの大事なドロードラング領の集客イベントなのよ！

あんたもあン時現場にいたろうがエンプツィー様よぉお!?　めっちゃ食ってたろーがっ！

私の休みに協力せんか――いっ！

なんたって今年はミシルのとこで大王イカが獲《と》れたのだ。

ドロードラングの収穫物じゃないけど、収穫祭で使わずにいつ食べる！

すり身～すり身～イカ団子～！

大王イカは大味らしいから、生姜やネギや何やら混ぜてのつみれ仕様。焼けば安い酒に合うおつまみ、串に刺して焼けば子供たちのおやつ、とろろも混ぜれば柔らかいからお年寄りにも好評です！

大王イカ。

前世でもいつだったかテレビで報道されたのを見て驚いた。何人前のおかずになるのかと感動したら、とにかく臭いし美味しくないとテレビの人が言っていた。海に行く事があったら捕まえようぜと兄弟で大騒ぎしたのに……

ところが、こちらの大王イカはさらに大きく、フェリー並み。実際にフェリーは見たことがないけど、海賊映画やアニメにありそうなデカさ！　さすが海の魔物！

そりゃあ、里帰りしていたミシルがパニクって助けを求めるよ！　大型の魔物は亀様や青龍でいくらかは慣れてるとはいえ、手のひらに乗るサイズの生き物が見上げるほどに巨大だったらとりあえずパニックおこすよ！

いつもはギルドに駆け込んで討伐を依頼するらしいのだけど、今回は青龍がいたから瞬殺。

とにかく大き過ぎて全てを処理できず、十年に一度は現れる大王イカは足を少々食用にする程度で他はそのまま海に捨てるという。

え！　食べられるの!?

普通のイカの方が美味しいし？　固いけど？　臭くない！

だったらと当然もらってきましたーっ！　もちろんミシルの村と分けっこ。夏だけど鍋料理の団子にして入れると美味しいんだよ～と作って見せました。だって焼くものが焼き網しかないんだもん。今度フライパンか鉄板を持って行こう。

今まではイカはすり身にはしなかったみたい。面倒なのかな？　擂《す》り粉《こ》木《ぎ》と擂《す》り鉢《ばち》はあるのに。あ、干してスルメの方が保存が効くのか。

塩辛にできなかったのは残念だ。さすがの私も魔物の内臓は生では嫌だ。亀様サーチで仕分けはできたけど、ほぼ食べない方がいいと言われたし、薬草班長チムリさんには薬にならないと言われたので処分。

ただし、骨は漁師たちが欲しがった。船底に取り付けると船の持ちがいいらしい。へ～。

すり身は村の保存庫に入れられるだけ入れたので、皆で食べてちょうだいね～と帰って来た。

ね？　持ち帰ったものを収穫祭に食べずにいつ使うよ。

新しい食材？　いや、新メニューは料理班メンバーが燃える。

タコだったらたこ焼きを作るのに躊躇いはない。

しかし！　イカでもいいかと一人ダジャレをしつつ、また変なものをと不審がる金物担当鍛冶班キム親方にたこ焼き用鉄板（試作、六個用）を作ってもらい、すり身にしなかったイカの塊をほどよい大きさに切って、いざたこ（イカ）焼き製作。

そして試作品を食べたところ、わりとイケた！

料理班長ハンクさんが隠し包丁を入れてくれたせいか、どんな下処理をしたのか、想定してたよりイカが柔らかい！　でもちゃんと弾力もあり、醤油をつけただけでも十分美味しいものに！

もちろん定番ソースも作ってもらい、青のりも鰹節もミシルの村から買って……うーまーいーぞーっ!!

「作るのに少々手間だけど、今後の収益を考えるならタコヤキもいいですね」

ハンクさんの後押しもあり、今度は大きな鉄板を製作開始。

ちなみに、女性子供は主にソース派で、酒呑みたちはネギ醤油派、定番全載せは私だけ。なぜ!?

「だってカツオブシはうにょうにょ動いて怖いし、青のりは歯につくじゃない」

歌姫ライラが言うと女子は皆が頷いた。歯に付くのがアウトらしい。お好み焼きも同じ理由でソースのみだもんなぁ。

うぬぅ……まあ、別に日本じゃないし、絶対って拘《こだわ》るつもりもないからいいけどね。好きに載せればいいよ。

今度はタコでできるといいなぁ。

と思っていたら、またミシルからヘルプが。

『今度は普通のタコが大量発生して困ってるの～！』

かしこまり～！　ヒャッハーッ!!


今日も今日とて上司との追いかけっこの末に残業を一時間で済ませ、寮の自室でのんびりしていたら。

「え？　そうなの!?」

マークの目が見開かれた。見開いた勢いで詰め寄った先はアンディ。

「そう。今年から武闘会の上位四名は騎士に叙任されるって。まだ公式発表はしてないけれど、マークには教えていいって言われたから来たんだ」

のほほんとお茶を飲みながら答えるアンディ。

がっ！　と音がしそうな勢いで自分の頭を抱えるマーク。

「うがあああっ！　何で収穫期と重なってんだっ！　優勝は無理でも四位ならいけそうなだけに悔しいっ！　出たいっ！　タイトに殺されるっ！　一番早いのは卒業相当の資格をもらって騎士団テストに受かってだったのに！　それよりさらに早い！　武闘会出たい！　死ぬ！」

一人で壁に向かって吠えるマーク。それがピタッと静かになると。

「よし。タイトを殺して参加しよう」

「おいぃっ!?　何でそうなるのっ!?」

ツッコミにバッと振り返るマーク。目が！　イッてる！

「アイツの収穫期への気迫は怖ぇんだよ！　収穫期は何でか絶対ケンカに勝てないし！　……どうする？　飯に毒を仕込むか？」

「やめなさいって!?　私からも頼んでみるから落ち着け！」

「本当に!?　頼むぜお嬢!!　俺の代わりに死んでくれっ!!」

「嫌だっ!?」

「薄情者!!」

「こらぁあっ!?」


そんなドタバタをしつつ、後日へっぴり腰でタイトにお願いに伺うと。

「ああ良いぜ。マークには早く騎士になってもらえりゃその方が面倒がないからな。今年は子供らも大きくなってマークの分の人手はどうにかなるが、お嬢は収穫に来い」

あっさり。

……うん。あの、私、上司なんだけど？

「あ？」

了解です！

そうして、マークへのドロードラングからの応援はルルーだけという寂しい、ある意味燃えるシチュエーションに。そしてアーライル国武闘会に出場したマークは危なげなく四位以内に入った。

おおっ！

アンディが教えてくれた情報以上のオマケが付き、希望した『ドロードラング領専属騎士』を叙任された。

いやマジで。マークのための企画かと思った。

ちなみにマークの準決勝の相手はテオ先生こと、テオドール・トゥラントゥール様！

ジアク領での抜き打ち襲撃の後にコムジに誘われ、休暇の全てをドロードラング領にてなぜか猛特訓した先生は、なんとマークと接戦だったらしい。そんな短期間でと思ったら、やっぱり元々センスがあったようだ。

ちなみにこの時の先生の休暇は有給消化含め一ヶ月。王都からジアク領まで馬で一週間。ドロードラングから王都へは亀様転移。

コムジも結果を喜んでいたし、ニックさんにラージスさん、タイトまでがお祝いしようかと言っていた。

トエルさんが亀様に断ってから自分のイヤーカフを先生に貸していて、毎日の仕事終りにも先生はドロードラング領で鍛えていたとか。そこまでか。すげぇな先生。

何より喜んだのは上司の財務大臣ラトルジン侯爵。「文官も体力だ！」を信条にしていても、まさか部下が出場し、おまけに勝ち上がるとはつゆほども思っていなかっただろう。

勝ったのはマークだったけど「よくやった！」とテオ先生を労《ねぎら》ったそうだ。

実は決勝戦でのマークの最後の相手はシュナイル殿下。

二人とも結構ボロボロだったけど、例年、決勝戦は回復せずにすぐ行われるらしく、ヘロヘロのまま開始。それでも目を見張る動きだったらしい。

が。テオ先生にだいぶに手こずったマークのスタミナ切れもあり、シュナイル殿下がギリギリ優勝。

「騎士団の面目躍如《めんもくやくじょ》だな」とハーメルス団長はひきつった笑いだったそうだけど。

まあね、準決勝に残った四人が騎士二人に田舎従者と文官だもんね。騎士団員もホッとしたろうね〜。

で。

夕飯を終えた今、ドロードラングに帰って来たマークを囲んでたんだけど……

「シュナイルに負けるなんて何やってんだテメェは！」

「あいつだって強くなったんだよ！　テオ先生があんな強くなかったらシュナイルには勝てたわ！」

「言い訳結構！　テオ先生は文官だぞ、何を手こずってんだか。ダッセ！」

「〜っ!!　お前がテオ先生に色々教えたって先生から聞いたぞ！　タイトこの野郎！」

「お前が組手で苦手にしてる事はだいたい教えたが本当に対戦するとは思わなかったわ。それに基本はほぼコムジだからな！」

　マークがコムジを振り返る。

「コムジ〜〜ッ!?」

「うわっ俺にも来るの!?」

「すっっげぇやり辛かったぞ！　原因はお前か！」

「いやだって、先生の体術が騎馬の民のものに似てるしさ、体術がすごいなら俺は相手したくなるわけよ。真面目だし覚えもいいしで教え甲斐があったなぁ」

「あったなぁ、じゃねぇよっ!?」

「ニックさんとラージスさんにザンドルさんだって楽しそうに教えてたよ?」

「うあっ！　文句を言い辛い!?」

「ごちゃごちゃ終わった事をうるせぇんだよマーク。だがな、お前のためにある御方に特別特訓をお願いしてある」

またタイトを振り返るマーク。忙しいな。

「は？　聞いてねぇぞ、そんなの」

「言ってねぇよ優勝すると思ってたからな。俺らだって冗談のつもりだったが、今回の結果を知ってご了承くださった」

腕を組んで神妙な顔をするタイト。マークがはたと動きを止め、そしてタイトを窺う。

「……予測はつくが一応誰なのか聞こう」

「クラウスさんとシン爺だ」

「二人だと!?　殺す気かこの野郎っ!?　二人がかりの上限最高位だろうがっ!?　タイト！　コムジ！」

「死ね！　このくそ忙しい収穫期にせっかく送り出した武闘会でポッと出の文官に手こずるような従者は死ね！」

「あはは！　せっかくの準優勝なのに散々だね！　頑張って〜！」

………なんて言うか、仲の良い大きい子供だな。

皆が笑って三人の追いかけっこを眺めてる中、呆れているのはルルーと私だけ。

だけど……ふっ！　おっかしー！

やっぱりルルーと笑っちゃった。


「ちょっとサレスティア、どうにかならない？」

ビアンカ様の眉間にシワが寄っている。

「いやあ、こうなってる理由を聞かされたらなかなか止められないですよ」

「冬休みに入る少し前からこのようになられて……悪い事ではないのですが……」

いつもはキリリとした眉が下がっているクリスティアーナ様。

「わかるわクリス。悪い事じゃないけれど、こんな反動があるとわかっていれば無理矢理相談を受けたのに……」

ビアンカ様の眉も下がる。

「無理矢理……そうですね、不甲斐なくも全然気づきませんでした……」

クリスティアーナ様が肩まで下げる。

冬休み。新年の雪合戦のため、皆さんドロードラング領に来てます。

そしてロイヤル女子部屋にお邪魔してるんだけど。

私ら三人の残念なものを見る目の先には、にやにやニヤニヤにやにやしているエリザベス姫がいる。

その左手には私もアンディからもらったものと同じ、レース編みの指輪が嵌まっていた。

指輪の送り主はテオ先生。わお。


武闘会で勝ち残ったテオ先生は、文官だからと騎士の叙任を辞退。代わりにとお願いしたのは姫にその指輪を渡す事。

ただのレース編み指輪だけど直接は渡せず、ハーメルス団長と来賓で出席していた学園長の手を経て安全を確認されてから、エリザベス姫の手に渡った。

途端、姫ははらはらと泣き出した。

騒然とする会場。それに構わず、さらにボロボロと泣く姫。

「と、トゥラントゥール様、あ、ありがとうございます……ありがとう、ございます……」

指輪を大事そうに胸に抱え、どうにか淑女の礼をするエリザベス姫。

泣き顔を国民に晒すというあってはならない事態に、しかし誰も動けなかったそう。

姫の視線の先にいるテオ先生は片膝をつきつつも、姫を真摯に見つめていたから。

見つめ合う二人を誰も邪魔できなかった。

が、その空間を破った者が現れた。フリード国王である。

「トゥラントゥールよ、何ゆえこのような事をした？」

姫はサッと青ざめ、父である国王を振り返った。テオ先生を見据える国王の姿に今度はテオ先生を見る。テオ先生は片膝をついたままの格好で顔を臥《ふ》せていた。

「はい。……エリザベス姫に、私の思いを知っていただきたかったのです」

するりと答えたテオ先生を姫が凝視する。その顔色は真っ赤で困惑。

それを確認した国王が、テオ先生を見る。

「ん？　恋仲なのではないのか？」

「滅相もありません。畏れ多い事です」

淡々とした否定に国王が眉をひそめる。姫を見れば、エリザベス姫は頷いてテオ先生を肯定。

「恋仲でもないのに指輪を贈るのか」

国王の問いに、テオ先生は一拍置いてから答えた。

「優勝をしてエリザベス姫を賜りたく。しかし負けましたので、苦し紛れの告白です」

姫がテオ先生を凝視する。

「来年も大会はあるが？」

「……それまでに姫が嫁がれない理由がありません。婚約者のいない今が最後の機会かと」

ハスブナル国の王子との婚約解消はもう皆の知るところだ。やらせだった事は私らを含めた一部しか知らない。

友好の旗頭になったが相手国が攻めて来たために婚約解消。抑止力に成り得なかったという事で姫の評判は下がっていた。

わからんではないけれど、どっからそんな話になったのか一人ずつ殴りに行こうとした私を止めたのはエリザベス姫自身だ。

修道院に入れば何も問題はない。

そう言いますけどね、問題ありまくりですよ。恋心を押し殺し、王族として見事な振る舞いをし、不名誉な噂を信じられたまま世俗を絶ち切るなんて。あんまりだ。

そう騒げない身分なんだとわかっているけど、悔しい。

私らがわかっていればいいなんて、若い子が言わないでよ。

「領地が欲しいか」

「いえ。エリザベス様のみが望みです。家は関係ありません」

「……エリザベスを平民に貶《おとし》めるのか」

「はい」

「……トゥラントゥールよ、エリザベスを最後まで守れるのか」

「……残念ながら、その保証は致しかねます。ですが、私の全てでできうる限りの事はします」

「権力が足りぬ」

「……承知、しております」

いつの間にか会場中が国王とテオ先生のやり取りを見ていた。

テオ先生を見つめていた国王が、ふとエリザベス姫を向く。

そしてまたテオ先生に直る。

会場の緊張が高まっていく。

「だがまあ、現在国内の権力状態は安定してきたが、婚約解消の余波もあり、エリザベスが降嫁する先はまだ未定で選定もやり直しだ。本音を言えば外国にはやりたくないし、国内はどこに嫁いでも変わらん」

国王の砕けた言葉に思わず顔を上げるテオ先生。国王は目が合うとにやりとした。

会場中が呆気にとられる中、構わずに続けた言葉は。

「エリザベスは今まで一言もお前の名を出した事はない」

テオ先生は、ゆっくりと再び顔を臥せた。

「まだまだ子供と思っていたが、正しく淑女になっていた。努力の女だ、平民になったとてどうにかするだろう」

また顔を上げたテオ先生と、困惑したエリザベス姫とを確認した国王は、

「お前たち二人が真に望むのであれば、この場での婚約を認めてもよい。条件にこの会場の三分の二の承認があればな」

と、面白げに続けた。

この場に私がいたら、きっと叫んだ。

「いいぞーっ！　国王ーっ!!」


「いいぞーっ！　国王ーっ!!」

マークが一番に叫んだ。

会場にいた平民はマークにつられて歓声をあげ、祝福の大歓声は貴族たちを困惑させた。貴族なんて会場の三分の一もいない。

声を出して笑う国王なんてレアなものも埋もれてしまう盛り上がり。

「どうした？　後はお前たちの覚悟を承認者に示しなさい」

国王にそう言われたエリザベス姫は観客席の下部まで降り、姫を迎えるようにテオ先生は観客席に走り寄った。

二人を隔てるのは、三メートルの高さ。

しばし見つめ合う二人に会場はさらに盛り上がる。

「エリザベス様、勤勉な貴女《あなた》が可愛らしくて、ただおそばにいられる事を喜んでいました。ですが、先の婚約の時に思い知りました……貴女を愛しています。田舎子爵の三男で平民と変わらない身分で、貴女の今までの努力を無にする事になりますが、私の妻になってくれませんか？」

少し緊張したテオ先生がきっぱりと言った。

ずっと泣きっぱなしの姫がさらに涙をこぼす。もはやドレスにはたくさんの涙の跡が。唇も震えてる。

それでも。

「っ！　……よ……喜んで！　お受け致しますっ！」

震える声ではっきりと応えた姫に、口をわなわなかせるテオ先生。

見つめ合う二人にマークが割り込み、テオ先生を観客席に放り投げた。さらに盛り上がる観客。

真っ赤な顔で改めて向かい合った二人。

テオ先生が意を決したように広げた両手に、姫は迷うことなく飛び込んだ。

しっかりと抱きとめた、抱きとめられた姿に、さらに大歓声。

そして、王宮ロマンスとして平民の間で語り継がれる事になる——

というのを、現場にいたアンディ、マーク、ルルー、ルーベンス様、ビアンカ様、シュナイル様、クリスティアーナ様、レシィにお妃様方、果てはラトルジン侯爵夫妻までに説明されて悶えた。

皆しっかり見てるし！　ははっ！

でまあ、誰が一番驚いたかというと先生のお家のトゥラントゥール子爵家。先生の連絡よりも先に王の使者が領地に着き、上を下への大騒ぎ。

三男坊の嫁がまさかの王女殿下である。当主は泡を吹いて気絶したらしい。……さもありなん。

三男のための領地がなければ、持たせる金子も微妙なもの。だから王城に文官として勤める事ができて皆が喜んだのだが。

確認のため、王都にやって来たのは領主代行となった長男さん。

その場に立ち会った上司であるラトルジン侯爵の後押しもあり、姫を娶《めと》る事、財務勤めはそのままなので家族向け仕官寮が使える事、姫が多くを望まなかった事を王家が了承済みであることに安心し、とりあえずと帰って行ったそうだ。

そしてエリザベス姫の花嫁修業はドロードラング領で行われる事に。正式な婚姻は半年おいてなので修業はもちろん卒業後に開始される。

何でドロードラングかというと、エリザベス姫に容赦ない庶民だから。

……まあ、それも大問題ではあるけど、侍女付きの奥さんなんて平民にはいないからね。何でも自分でやらなきゃだし、こっちが丁寧に接しても相手がそうだとは限らない。雑な私らで平民に馴《な》染《じ》むための訓練だ。買い物だって姫が自分でする事になるからねー。値引き交渉まで仕込まないと！

そういう諸々《もろもろ》が決まった途端に、エリザベス姫のニヤニヤが隠れなくなった。

もちろん学園ではしないし、姫として振る舞わないといけない時もしない。

ビアンカ様、クリスティアーナ様や私など、気心のしれた仲の前では表情が崩れるようになった。私らとしては嬉しい事だけど……まさかの事態である。こんな風になるんだなぁと。

急にポッと頬を染めて、ニコニコしだすのだ。正直可愛い。ほんと可愛い。本人に自覚がないせいで破壊力抜群である。

「実は、エリザベスをちょっと狙っていたとお兄様が仰ったのよ。もちろん自分の側妃ではなくて臣下へね？　アーライル国との繋がりはあればあるほどいいって」

ビアンカ様が別なため息と共に言った。

「ハスブナル国という脅威がなくなったのに、私が正妃になる事以上に望むなんて何を考えているのかと腹が立ったわ。今日はお兄様の顔面に雪玉をぶつけてやれてスッキリよ！　良かったわ雪合戦！」

ビアンカ様は前乗りして投げ方を練習していた。来る前にも布ボールで練習していたと言うし、何をそんなに燃えているのかと思っていたらそういう事だったか。

今年はバルツァー国の皆様もご招待してのドロードラング領雪合戦。

アーライル国王軍VSアーライル王妃軍（今回も、熾烈苛烈《しれつかれつ》に王妃軍の完全勝利）を見学してもらってからの、バルツァー国兄妹対決。

バルツァー国の皆様というのは、王族の近衛隊にビアンカ様の兄王子の親衛隊も含めている。兄妹対決の他に何を含んでの人選なのか、魔法使いが三人いた。まあ、亀様が言う前に申請されたからセーフに。

「お兄様、雪合戦は魔法が禁止でしてよ？」

「おっと、そうだったかな？　俺の親衛隊には魔法使いもいるからな、うっかりしたなぁ～」

「……くっ！」

なんで禁止かっていったら魔法を使ったら危なくて面白くないし、そんな雪合戦には子供たちを遊ばせられないからである。これは国王軍VS王妃軍でもそう。国王は魔法が使えるが王妃は使えない。ハンデのつもりでどちらも使わないのに毎度王妃軍の快勝。国王から「せめてクラウスを貸してくれ」と物言いがついた時、本気で負けてるんだとわかった。まあ、本気で勝とうとしてるのは国王だけかもしれないけどねー。

ちなみにエンプツィー様も毎度審判での参加。主審はラトルジン侯爵夫妻で副審がエンプツィー様とクラウスである。副審は貸しませんて。

魔法込みの雪合戦はしたことがないので、子供たちが見たい！　と盛り上がってしまった。それじゃあと、ビアンカ軍の魔法使いとして私が入った。

アーライル国の筆頭魔法使いはエンプツィー様である。筆頭魔法使いは副審固定。なので、魔法使いではあるが子供でもある私にビアンカ様の兄上は余裕の顔だ。

ごめんなさいなんて、ビアンカ様がしゅんとすることないよ？

《守備は任せろ》

これで思い切りやれる。通常よりも広く取った合戦陣地以外に被害がいかないように任せたよ亀様。

兄妹対決といいながらメンツ内容はバルツァーVSアーライルである。

土木班員がそれぞれの陣地に同じ数だけ作った雪壁に添って、兄殿下陣地では親衛隊、近衛隊が人数が少ないなりの戦列を組んだ。魔法使いは後方。

ビアンカ陣地は私が一番前で、他メンバーはビアンカ様の周りに控える。

兄殿下陣地の面々が変な顔をしてる。まぁないよね、こんな配置。

「それでいいのかい？」

一番近い近衛の人が心配そうにたずねてきた。

「はい！　ドロードラング式なので！」

笑顔で元気に返すと微妙な顔でそうかと頷いてくれた。

全員が配置についたのを確認したラトルジン侯爵が宣言する。

「これより！　バルツァー国王太子殿下対王女殿下の雪合戦を行う！　攻撃手段は雪のみ！　魔法での対人直接攻撃は不可！　遵守せよ！」

前もって作ってある雪玉を手に取る相手陣地。ちなみに雪玉は開始前までは一人十個まで作って

ＯＫ。

私は両手のひらをつきだして構える。向こうの魔法使いも呪文詠唱の準備をしたよう。魔力の流れを感じた。

さて、どっちの魔法が先に発動するかな。

「始めっ！」

ドオォオオオンンッ!!

ラトルジン侯爵の合図の終わりと共に私らの陣地内に現れた土壁は、開始線から二メートルの厚み、開始線いっぱい左右に伸び、高さが五メートルになった。

「は。はあぁぁああっ!?」

相手側の声がくぐもって聞こえる。

土壁の上に飛び乗り、また構える。前方から私に向かって雪玉が投げられるが、慣れてないとなかなか難しい。届いていないことで、魔法使いがそれを風魔法で補助する。

が。

その雪玉が消えてなくなった。

もちろん消したのは私。

何人かポカンとするなか、「雪が溶けてる！」と誰かが叫んだ。

あたふたする皆さんの足下《あしもと》どころか、バルツァー国陣地の雪がなくなった。雪原に四角く地面が現れる。

雪だけ溶かすのは、水魔法。

雪が消えた陣地でポカンとする兄殿下。

雪だけを溶かす。だから地面は熱くない。地を熱くすると植物が駄目になる。

もちろん最初にやった時は手こずったわ〜。今は自在です！

そして土壁を解いた私のすぐ後ろには、雪玉を持ったア、ア、ア、ライルメンバーが勢揃い。はい、悪い顔しない。

青ざめる相手軍。


蹂躙《じゅうりん》の果て、実の兄に、メジャーリーガーかという振りかぶりで雪玉を命中させたうちの大将ビアンカ様。カッコいい！　どこで覚えた！

「これに懲りて今後滅多な行動は慎んで下さいませね、お兄様？」

「……わ、わかった……」

そうして、何が含まれていたかはわからない兄妹対決は妹の完全勝利で終了。

だったのだが。

「「つまらないっ！」」

という子供たちの物言いに、いつもの子供向け雪合戦をバルツァーの国王夫妻も交えて行い、にぎやかに一戦追加となった。

ほらね、魔法を使わない方が楽しいでしょ？

あ！

ドレス購入、ありがとうございまーす！

五話　婚約破棄です。

「これからもアーライル学園がより発展していく事を願っています」

壇上でアンディが卒業生代表として挨拶を締めた。

あ～あ、学園にアンディがいるのは今日が最後か。ちょっと、つまらなくなるなぁ。

穏やかに語りかけるような口調で在校生を見回すアンディ。

ルーベンス殿下のように派手に輝かしいものはないけれど、アンディもやはりの王子様。惹《ひ》き付けられる。

皆、アンディの言葉を真剣に聞いている。

頼りにしていた先輩が去り、新たな後輩が入ってくる。聞いている在校生はなんともむず痒《がゆ》い思いをしてるだろう。

エリザベス様、ビアンカ様、クリスティアーナ様もアンディと同年なので卒業である。王室関係者がいなくなると思うと、余計に寂しい感じがあるなぁ。皆華やかだったもんね～。

「ああ、そうだ」

色んな事があったなあ～なんて思い返していたら、壇上のアンディがふと、という感じで続けた言葉に噴いた。

「サレスティア・ドロードラングは僕の婚約者だという事を忘れないようにね」

ぶふぁあっ!?

「ついでだから言っておくよ」

にっこりしたって駄目でしょそれ！

「サレスティアは自分でどうにかできるけど、それでも僕が嫌だからね」

何で今それ!?

「全員聞いたよね？　彼女に関わるものに何かあったら僕も全力で対処するから」

王子の全力の笑顔に在校生も卒業生もついでに教師陣も保護者もザッと顔色が青くなった。

笑顔怖ぇぇぇ！　ただただ笑顔が怖いぃぃ！

……うん、そんな無言の悲鳴が聞こえてくる。

私の顔は赤い。うん真っ赤だね！　顔、熱いもん！

何人かはそんな私に生温《なまぬる》い視線を向けている。ああああ恥ずかしいぃぃぃ！

「……わかった？」

「「「「　はいぃっ!!　」」」」

返事って揃うんだね。

てかやっぱり駄目でしょ！　一応式典だよっ！　ニコッとしたってアウトだよぉぉぉ……

マークは笑いをこらえ過ぎて変な顔になってるし。コンニャロ。

……ルルーも笑ってるし！

もう！


と、恥ずかしい思いをした時もありました。

現在、新学年新学期が始まって一月《ひとつき》、

「サリィ？　今日こそ僕とのディナーに付き合ってくれるだろう？」

「何を言っている。ドロードラング殿と食事に行くのは私だ」

「食事に行くなら俺とだよね～？　貴方がたのエスコートじゃあ女の子は緊張しちゃうもん。ね？

サレスティアさん。俺と行こうよ！」

モテ期到来。うざい。

はい。新留学生の三人でーす。

なんなんだ留学生ってのは。面倒しか起こさないのか。

いや、他の生徒と教師たちには普通対応なので面倒と思っているのは私だけ。だけどその余波が
ルルーとマークに行っているから申し訳なくもない。

まあ、モテ期と言ったところでこの人たちが本気で私を好きなわけではない。モテモテなのは私の魔力である。

この留学生たちはドロードラングランドにお越し下さった外国のお客様の関係者。

遊園地は外国人にもウケて嬉しいのだが、こんなおまけが付いてくるとはな～。

自国に多量の魔力を使用する遊具を造りたいので、私を懐柔して『造ってもらおう作戦』らしいで。この三人で誰がその一番手になるか争っているわけ。

もちろん断っている。何が気に入らないって無料《タダ》で造れってのが一番気に食わない。

ドロードラング領の収入にならないものは造ら――んっ！

アーライル国の貴族たちはアンディや王家のおかげでその辺は静かだ。だから、いつだったか王様が言っていた貴族の下心ってこれかとうんざり気味。三人とも魔法科じゃなくて本当良かった。

ミシルにも近づいたようだけど、青いタツノオトシゴをやり込められずに断念したようだ。ナイス青龍。

青龍の質問攻めでこの三人の思惑を無料奉仕と正しく知ることができた。青龍のどうしてどうして？　が役立つとは。

ナイス青龍。

そのままそいつらを国へ押し返してよ。

留学生の三人はそれぞれに見た目は良いらしく、学園の女子にはキャーキャー言われている。18、

19才と、少し年上なのも女子的には良いらしい。

そうかい。どこが?

で、男連中の方はどうかといえば、騎士科でも文官科でもまああな感じ。男子たちとも特に対立はない。

私以外は問題がない。……ちっ。

私のその様子が伝わっているのか、魔法科では奴らのことはあまり騒がれていない。なんかゴメンな留学生。


「疲れておるようじゃの?」

エンプツィー様が苦笑しながら気遣ってくれる。

日課の、エンプツィー様が散らかした教職部屋の片付けをしながら大きくため息をついてしまった。

「だったら残業にならないようにお願いしますよ」

ちょっと恨めしげに返すとエンプツィー様ははっきりと笑った。

「笑い事じゃないですよ~! あいつら面倒くさーい!」

「ほっほっほっ。これでアンドレイ王子との婚約がなければもっ、、、とだったぞぃ」

ゾッとした。

「……あいつらを爆破していいですか？」

「駄目だろ」「駄目です」「駄目じゃろ」

マークが一番早かった。冗談だって。

「お嬢の苦手な人種だけど爆破は駄目だろ」

冗談、冗談。

「片付けが大変なので爆破は駄目です」

片付け!?　ルルーさん!?

「一応要人じゃからな？」

外国の貴族子弟ですよ、わかってますよ！

「「そっとヤれ（ってください）」」

駄目な大人たちが――っ!?

コンコン
ノックの音にルルーがドアを開けると、げっそりしたハスブナル国ジーン王太子と従者チェンが立っていた。
一瞬あいつらの誰かが来たかとビビったけど、違うので心底ほっとする。
「……悪いんだけど、茶をください……」

エンプツィー様の教職部屋には本人用の椅子以外は折り畳み椅子しかない。他の教師の部屋にはソファーセットがあったりするのだけども。

その折り畳み椅子も、私が助手になってから持ち込んだ物。土木班長グラントリー親方のお手製なので丈夫。それをジーンとチェンにすすめる。

その間にお茶を準備したルルーが椅子に掛けた二人に差し出した。

「ああ、ありがとう……」

「うう、美味しい……」

王城での帝王学教育は二段階目の及第点に達したようで、学園に復帰。じゃあのんびりできるかと思えば、帝王学教育は夜に行われる事に。

まあ、ルーベンス殿下はそうしていたわけで、王族としてはスパルタではないのだけど実際スパルタだよ。どこの進学校だ。

ジーンは結局留年にはなったのだけど、後一年で卒業見込みになるのだから二人の頑張りには拍手である。

ただ、毎日げっそりしてるけど。

「お疲れ」

毎日燃え尽きた感満載の二人に毎日そうとしか言えない。

「いや、お嬢たちもお疲れ。エンプツィー様も毎日来てしまってすみません。ここでお茶を飲むと休憩したと実感するもので……」

猫背が似合うようになってしまったジーン。王城じゃ猫背もできないらしい。チェンも気が抜けた証拠に同じく少し猫背に。

ここは縁側か。

「余裕ができたら淹れ方を教えてもらいたいのですが、なかなか……」

大丈夫大丈夫、いつかできるようになるよ。ってか、チェンはお茶を淹れさせる立場になんないと。

「あ、そうだ、お嬢に知らせ」

お茶を飲み終えたジーンがルルーにおかわりを注いでもらいながら言った。ん？

「留学生たちな、強制送還になるそうだ」

は？

「よりにもよってお嬢に直接当たるとか、随分勇気があるとは思っていたが……」

「故郷《くに》での隠していた不祥事が公になってしまったそうです」

チェンが何でもない事のように続けた。は？　不祥事？

「主に女性関係な。色男は大変だよな。隠し子、刃傷沙汰、あと家の借金のための裏社会との癒着《ゆちゃく》、留学のための替え玉養子、税金横領、公共事業の不正、贋作《がんさく》入れ替え。どれが誰のかわからんが本人だけでなく領地の事も含め色々と留学生として相応しくないとの宰相の判断らしい」

宰相の判断？

は〜、と満足気に一息つくジーン。お茶がうめ〜って、聞きたいのはそこじゃない！

「もちろんアーライル国王の承認があってのものですよ。ついでに外交官との癒着もわかりアーライル側での人員整理もするそうです。留学生は今日中にアーライルから叩き出すと張り切ってましたから、今、寮の方は大騒ぎでしょうね」

チェンもまた一息つきながら言った。すごい爆弾あったよね今!?

マークとルルーは目を丸くし、知っていた？　とエンプツィー様を見れば首を横に振った。

「それ、いつ決まったの？」

「昨夜。昨夜の講義担当が宰相で、俺らの目の前でやり取りしてたからお嬢にも教えていいと言われたんだ。今学園長にも話が行ってるだろう。伝えるのが今の時間になってすまなかったな」

いやそれは全然良いんだけど、なんでそんな急に？

と考えていたらマークがぼそりと呟いた。

「一ヶ月か、早かったな」

ん？　何？

「遅い」

ルルーが少し低い声でマークに応えた。え？

「国で調べても見つけられなかったものを見つけて来たんだ。しかもあっちこっちの国だぞ？　三人分まとめてなんて早いと思うけどなぁ」

「お嬢様が不快な思いをしたのよ」

苦笑するマークに憮然《ぶぜん》と返すルルー。

「そう、それさえなきゃ平和に事は済んだんだ。もしかしたら友情くらいはできたかもしれないのを自ら潰した」

「自業自得ですね」

他人事のジーンに、あっさりとしたチェン。

「色が通用しない事もあると勉強したじゃろうよ」

エンプツィー様も普通に会話に入った。何？　どういうこと？

「俺、アンドレイに殴られただけで済んで良かったわー」

ジーンがしみじみと言うと、皆が神妙に頷く。え？　アンディ？

え？　アンディ？


『サレスティア！　今すぐ来て頂戴！　女子会よ！』

あまりのビアンカ様の剣幕に、夜のアンディとの通信時間を断って王城の後宮にあるビアンカ様

しむぅ！

の部屋へ移動すると、すぐに抱きつかれた。ぎゅううぅうっと絞められ、一人無言で大騒ぎの私。

「な、何があったんです……？」

とても姫とは思えない力強い抱擁から逃れて、ビアンカ様の侍女さんが淹れてくれたお茶をいただく。うぅ、腕ごと締められたから手に力が入りにくい。

そして、真向かいに座るビアンカ様は据わった目でテーブルをじっと見ている。怖い。

ぼそぼそぼそ、と言ったので聞き取れず。

怖いけど聞き直したら、

「ルーベンス様が婚約を破棄しようかと言ってきたの」

…………は、　ああん!?

「アンディ!!　遅くにごめん!!　ルーベンス様はどこ!!」

『ええっ!?』

今度は廊下に飛び出した私をビアンカ様が引き止める。

が！

どぉぉこぉぉおじゃあああルゥゥウベンスゥゥウアッ!?

「待ってサレスティア！　私も何事が起きたかわからなくて！　冷静になるために貴女を呼んだのよ！　待ってちょうだい！」

「お嬢!?」

私の腰に掴まったビアンカ様と侍女さんたちを引きずりながら進んだ廊下の先に現れたのは息を切らせたアンディ。

そのまま私を抱きしめた。

「はいはい落ち着いて。まずは情報を確認しよう。動くのはそれからでも遅くないし、兄上は城内にいるからいつでも会えるよ」

トントン、トン、トン、
背中をトントンとされ、少し落ち着く。

「助かったわアンドレイ。ごめんなさいね夜分に……」

しゅんとしたビアンカ様の声が聞こえた。

「うん。女子会って言っていたけど僕も、そうだ、姉上も入っていいかい？」

「そうね、エリザベスとクリスにも来てもらっていいかしら。女だけじゃ冷静になれないかもしれないから、アンドレイもいてくれると助かるわ。主にサレスティアを止めるのに」

ははは、とアンディの乾いた笑いにちょっと凹《へこ》んだ。

そうしてビアンカ様の私室に集められたのは、エリザベス姫、クリスティアーナ様、アンディ、ルルーとマーク。ルルーとマークは主に私を押さえる係。ビアンカ様の侍女たちと壁際に並んでいる。

「本日業務終了後、結婚式での衣装合わせにてルーベンス様より婚約破棄の提示有り」

ビアンカ様が超事務的に話すと、エリザベス姫の扇がバキリと折れた。ひぃぃぃ!?

クリスティアーナ様は目を丸くして、口もポカンと開けた。

その反応を確認したのか、一息ついたビアンカ様は続ける。

「ここ何日間はお互いに忙しくて衣装合わせでしか会えていなかったの。ルーベンス様は仕事もあるし、衣装合わせは休憩時間の内としていらしていたから、顔色が優れないのはお疲れなのだと思っていたわ」

ビアンカ様だって仕事はある。ルーベンス殿下とは質は違うだろうが、王妃の太鼓判が押されるくらいにはビアンカ様も日々頑張っている。

「今日は一段と口数が少なくて……気晴らしになればと私が直接お茶を淹れたの。いつもなら喜んでくれたから……」

ビアンカ様の眉間にシワが。

「そうしたら、そのカップをじっと見て……婚約を破棄しようかと言ったのよ……めまいがしたわ」

またバキリと音が。確認はしない!

「そうしてルーベンス様は、お茶に手を付けずに部屋を出て行かれたわ……」

ビアンカ様はお茶を一口飲むと、テーブルに置く。

「……私、理由も言われずに結婚を白紙にされるほどの何をしたのかしら……」

伏せられた目はカップを見つめ、長いまつげは小刻みに揺れた。

「……嫌われた……？」

嫌い、くらいでは王族の婚約は破棄にはならない。政略とはそういうものだ。

アンディと私や、シュナイル殿下とクリスティアーナ様は幸いにも稀《まれ》なケースなのだ。

アンディを見れば、小さく笑ってくれた。

学園でのルーベンス殿下とビアンカ様は仲が良かった。恋愛はともかく、信頼し合っている感じはあった。

王となることに、その伴侶となることに、それぞれに努力をして、互いのその努力を認めていた。

それが何で今？

「お兄様は何の理由もおっしゃらなかったのね？」

エリザベス姫の声が低い！

「そう。私が相応しくないというならその理由を知りたい……でも、」

いつも元気なビアンカ様が俯いている。今ルーベンス様の顔を見たら飛びかかる自信しかない。

「ただ嫌われたのだとわかったら……」

ビアンカ様がすがるような目で私を見た。

「お腹が痛くなるまでアイスクリームを食べていいか、ステファニア様《王妃》に許可を取る時に付き添ってくれる？」

……まったく、この人は……

部屋の張りつめた空気がゆるんだ。

「やけ食いいくらいくらでも付き合いますよ。王都料理班にアイス以外にも色々作ってもらうように頼みます。アイス屋貸し切りにしますので皆でやりましょう」

クリスティアーナ様がお付き合いしますと微笑み、アンディはしょうがないと苦笑。ビアンカ様がホッとした時、エリザベス姫が立ち上がった。

スクッと立ち、スタスタと扉に向かうエリザベス姫は扉の前で立ち止まった。……うん？

スゥゥと息を吸い込む音がしたと思ったら、足を肩幅に開き、両手を腰にあてたエリザベス姫が叫んだ。

「このポンコツ朴念仁《ぼくねんじん》が!!」

おぉう！　誰だ姫にこんな言葉を教えたのは!?　私だごめんなさい！

部屋の中の皆が呆気にとられてるところで、スッと扉が開いた。

そこから姿を見せたのはシュナイル殿下。エリザベス姫と目が合ったのか苦笑する。あ、アンディが呼んでたのか。

そして、その後ろからルーベンス殿下も現れ、ビアンカ様が息を呑んだ。

「その言葉をどこで覚えたんだエリザベス？」

「世界中に溢れていますわお兄様。さあ、婚約破棄の理由をおっしゃって」

尋問が早い！

ビアンカ様がそっと私に近づき、服の袖を少しだけ摑む。

皆の視線を浴びてもルーベンス様の表情は変わらない。ように見える。

「今さらながらビアンカは、バルツァー国に想う男がいると思ったんだ」

え？

ビアンカ様を振り返るとポカンとしている。うん、そんな事はなさそうだけどな。

「これを、母上から寄越された」

「きゃあああああっ!!」

ルーベンス様が取り出したのは本。『王女と騎士』という題名と、ドロードラング領で絵師として活躍中のメルクが描いた表紙で製本されたもの。

私が図書室で号泣し青龍も泣いた、あの、ビアンカ様の書いた本だった。

瞬間移動したみたいに素早く移動したビアンカ様が本を取り上げようとしたが、ルーベンス様はさらに本を高く掲げた。ビアンカ様の手が届かない。

「かかか返して下さい～！」

ぴょんぴょんするビアンカ様が可愛い。いやそーでなくて。

「これを読んで女心を学べと言われ読んだ」

あ、ビアンカ様が耳をふさいでうずくまった。淑女の格好じゃないよー！　耳を押さえてる手が真っ赤なんだけどー！

「女心は理解されました？」

エリザベス姫が平淡な声音で質問をする。

「正直よくわからん。だが当たり前とはいえ、騎士ではなく、政略結婚を受け入れたこの姫は尊いと思ったよ」

わ、ほんとに読んだんだ。

「物語だとわかっている。だがこの姫がビアンカ自身だというなら……迷う」

ビアンカ様が見上げたルーベンス様の表情は私にはよくわからない。変化の幅が小さ過ぎる。

こそっとアンディを窺えば、ちょっと驚いているよう。

「正直に言えば俺は恋を知らないし、知らなくていいとは思っている。ただ、シュナイルもそうだし、アンドレイにエリザベスまでが好いた相手と添い遂げることになった。そして、それを悪くないと思う、ようになった」

ルーベンス様がひざまずいて、まだ床に座ったままのビアンカ様を見つめる。

「ビアンカ。君が婚約者で心から良かったと思う。だがアーライル国の情勢は変わった。君を、君が好いた男の下に帰す事ができる……今なら、まだ」

二人に見入っていたら手をアンディに握られた。見上げればアンディは二人を見つめている。

「この物語のように君が、焦がれる想いを押し殺しているなら……俺は、その願いを叶えたい」

見つめ合うルーベンス様とビアンカ様。ギャラリーは衣擦れの音を出すこともできない。

ルーベンス様がそんな風に思うなんて意外。まあそれほどルーベンス様を理解してるわけじゃないけど。

だけどずっとそばにいたアンディ、シュナイル様、エリザベス姫が真剣にルーベンス様を見ている。

「わたくしが、不要になったのでは、ないのですか……？」

「できるならそばにいて欲しい」

かすれた声で問うビアンカ様にきっぱりと答えるルーベンス様。

「嫌われた、わけでは、ないのですか？」

「あり得ない」

「ほ、他に、相応しいお方を、見つけたのでは？」

「いない」

「そ、そのような物語を書くわたくしを、恥ずかしいの、では？」

ルーベンス様がビアンカ様の両手を取った。

「なぜ？　ビアンカの心はとても豊かなんだと再確認したよ」

ルーベンス様が微笑んだ。

そして、その眉が下がる。

「だから、君の心がもっと自由になる所で生きて欲しいと思った」

ふっと目線を逸らし、ちょっと頰を染めてまた、ビアンカ様を見つめる。

「きっとその方が、君は綺麗だ」

……ボフッ

あ、ビアンカ様が真っ赤になった……

「兄上には自分の笑顔の破壊力をちゃんと自覚してほしい……」

アンディがぼそっと言った。

そうね……両手を掴まれているから顔を隠す事もできないし、あの距離であのはにかみ笑顔は耐えられないわ……さすがTHE王子。

「わ！　わたくしは！　国《バルツァー》に想い人などいません。あ、アーライル国に嫁げる事を誇りに思っています！　る、ルーベンス様の伴侶に選ばれた事を！　誇りに思っています！　まだ勉強する事はありますが、王妃となる器量はあると、お、思います！　み、みんなと！　いられる事が願いです！　どうか……」

真っ赤なままルーベンス様に語るビアンカ様。みんな、という所で私たちを見回す。

そしてまたルーベンス様と。

「どうか、国に帰れなど、仰らないで、ください……」

蚊の鳴くような声で訴える。

そっか、そんなにアーライル国を気に入ってくれたんだ。嬉しい。

「……理由の中で俺が一番ではないのが少し悔しいが、君が離れたくないなら俺も俺から君を離す理由はない。生涯アーライルで暮らす事になる」

「承知しております」

キリッとしたビアンカ様に苦笑するルーベンス様。

「……うん、良かった」

「ルーベンス様が楽に公務をこなせるように日々精進しますわ」

「……まあ、それでもいいか」

「え？　他に何か？」

と、ルーベンス様がビアンカ様の額に口づけた。

はああ!?

「末長く、よろしく」

ルーベンス様の会心の笑み。おおぅ！　輝く～！

ボシュウゥッ……

あ、ビアンカ様がくたっ、とな〜った。

……確信犯だな、あれ。さすがＴＨＥ王子。

ビアンカ様に想い焦がれる人はなく、ルーベンス様の勘違いによる婚約破棄騒動は——華々しい御成婚パレードを仲睦まじいご様子で国民にアピールした数日後、なぜかルーベンス様の奢《おご》りでアイス屋を貸し切る事になり、お菓子パーティー開催に至った。

あれ？　やけ食いしなくて済んだのに結局食べるんだ。

え？　結婚用のドレスはサイズが動かせないから、ずっと我慢していた？

二人とも？

そして？　国王夫妻も特別衣装での参加のために食事制限があった？

うわ〜お疲れ様です！

アイス屋貸し切りお菓子パーティーは王都料理班の修業の成果を見るのも兼ねてだったんだけど、国王夫妻たちも参加になったので急遽《きゅうきょ》領地料理長ハンクさんを呼び出し。

定番パイ数種にケーキ数種、クッキー、プリンにゼリーにシュークリームもできてたし、マシュマロもできていたのにびっくり！　マシュマロって作れるんだね～。おしゃれ～。

大人にはアフォガートが人気だけど、アイスメニューはどれを選ぼうが一人二個まで！　お腹冷えるから！

そしてしょっぱいものとして、たこ焼きが王都でデビュー！

まあまあな反応。てか王妃よ、そんな大口開けて食べていいのかい！　かっけーな！　餃子も美味しい？　でしょー！

また何か理由をつけてお菓子パーティーをした方がいいかな？

アイス屋が賑やかな事に店舗周辺の人たちが興味津々な様子。

王族がいるから交ぜてあげられないけど、一般向けにも企画してもいいかな？

まあそれは後にして。

本日は皆様ご利用ありがとうございます！

いっぱい食べてくださいませ～！

お菓子パーティーからの、子供スキー

本日は晴天。

ルーベンス様おごりのお菓子パーティー日和なり。さすが王族、屋外イベントに強い。日除け用にテントを準備しなきゃ。

王家の結婚式は格式張ったものだが、アーライル王家では初代から婚姻衣装が受け継がれている。もちろん生地が傷んだり黄ばんだりするので、何代か毎に作り替えはされているが、デザイン、サイズ共に固定されているという。男女とも。

なんという鬼畜仕様。

デザインはともかくサイズは変更してよくない？　いくら十代で着用するとはいえ、それぞれ体格が違うでしょうよ。昔々より少しずつ食料事情は良くなってるはずだから苦労しただろうなぁ。

「いくら体格が違うとはいえ、試されるのならば負けられないわ」

……ビアンカ様って面白いなぁ。

衣装の固定は男女ともなのでルーベンス様も少々だがダイエットをしたそうだ。ビアンカ様とのお茶の時間に菓子を食べなかったという。

「体力作りとして城でもシュナイル兄上と手合わせしていたから、見た目より筋肉がついていたようだよ」とアンディが教えてくれた。

ビアンカ様にご褒美を、とルーベンス様が言うならば断る理由はない。アイス屋勤務の料理班の実力を見せるいい機会でもあるし、騒ぎながら食べられるなんて楽しみしかない。

でも、ビアンカ様たちと同じ理由で国王夫妻の参加も決定。国王は腹囲を締めるのに、王妃は胸囲を押し込めるのに苦労したそうだ。いらっしゃいませお菓子パーティーへ！

そういうわけで、王都勤務料理班の精神の安定のため、またも領地から料理班長ハンクさんを呼び寄せた。

「一応、俺も緊張するんですがね」

ハンクさん、そういうのは緊張した姿を見せた人が言えるのよ？　見なさいよ、ハンクさんが現れた途端に安心してむせび泣く弟子たちを。無礼講が過ぎると言われているドロードラング領民でも王族相手は緊張するのよ。

「……まあ、これが普通ですよね……」

なにか？

やる気が出た料理班の勢いはすごく、アイス屋の調理場だけでは準備が足りないと、それぞれ懇意にしている食堂の調理場を借りる事態に。もちろん断られてもいるし、原価が安く簡単なメニューを一品提供で使用可になったりと、まあまあの交渉力を発揮。

「その店に合った献立を考えて、採用されると嬉しいです」

そっかそっか。

そういうわけでアイス屋周辺では今日まで甘い香りが漂い、お客も近所の住人もソワソワしていた。アイス屋の繁盛具合をみるに、時間限定デザートビュッフェをやってもいいかもなぁ。場所は今日みたいにアイス屋の奥、社宅アパート前の庭で、机や椅子も領屋敷から持ってくれば保管場所も困らない。調理場は拡張した方がいいかな。毎度調理場を借りに行くのも……交流という意味なら有り？

まあ、みんなに相談してからだわね。

そして見よ、用意されたお菓子の数々を！

小麦粉、バター、卵がふんだんに使われておりますよー!!　美味しいよね、太る食べ物って美味しいよね～!!　これはもうどうしようもない。

アイスも今回は領地から専用冷凍庫と共に数種類を準備。でも食べ過ぎは腹を下すから二個まで。アフォガート用にコーヒーも準備。お茶も色々用意しました。ミシルから緑茶をゲット！

そしてしょっぱ系おやつ、たこ焼きデビューです！　保存していた大王イカのすり身の揚げ物、いも揚げ、餃子、ありまっせ！　変わり種として漬け物。塩浅漬け、ピクルス、鰹出汁昆布出汁。

和洋折衷、というかなんでもありだぁね。わっはっは。


「わあ……!!」

「これは……想定以上だな」

いらっしゃいませ、ビアンカ様にルーベンス様。

御成婚のお祝いとしてドロードラング領からスパイダーシルクの反物を贈ったのだが、個人的にも贈ったのがちょっとゆるめのワンピースとシャツとズボン。今日だけはお腹ぽっこりになってもいいように、下着もセットでプレゼントした。ルーベンス様のサスペンダー姿の破壊力よ……何でも似合うなこの王子様。服飾班も大喜びだろう。

「まあまあ！　お菓子の国に迷いこんだみたいだわ！」

「ははは！　これは小さな晩餐会だな」

いらっしゃいませ、国王夫妻。こちらにもゆる服を贈呈。ステファニア王妃、ドレスの下にサラシとか……マジおつかれさました!!　存分に食ってってください！

側妃様方、王子、姫たちも続々登場。主催者であるルーベンス様が一言だけ挨拶をして、食事開始。

「んん～、ロールケーキが美味しい～！　ルーベンス様、ルーベンス様、お願いがあるのですが

「……？」

「どうした？　ビアンカ」

「あのですね、どのデザートも小さく作ってありますけれど、色々たくさん食べたいので、私《わたくし》と半分こしてくださいませんか」

「半分こ……わかった。そうだな、せっかくだから全種類制覇を目指してみるか」

「ありがとうございます！」

……ラブラブ……なのだろうか。でもビアンカ様がルーベンス様に甘えているようだし、いい傾向だね。

向こうではステファニア様がたこ焼きの作り方をじっくり見ている。その手にはゼリーのグラスを持っていたので、ちゃんと食べてくれているようだ。国王はアイス屋料理班にちょっかいを出して、緊張する様子を楽しんでいる。あのオヤジ……奥方をエスコートしろや。まあ、側妃方も各々で動いてるから逆にしない方がいいのかもしれないけど。

「サレスティア、この鉄板はタコヤキ専用なのかしら？」

たこ焼きに集中してるかと思ったのに、近づいた私に気づいたらしいステファニア様が聞いてきた。

「いいえ。卵焼きもパンケーキもできますよ」

「あら、丸いパンケーキなんて可愛いわね、ドーナツみたい」

「ドーナツもありますよ、お取りしましょうか？」

「まだいいわ。実はそこに二皿分確保してるから、うふふ」

おう、さすが。準備万端でたこ焼きの見学をしてたのね。じっと手元を見られている料理長ハンクさんは苦笑したままピックを動かす。

「串を使ってるだけで簡単そうに見えるけれど、ハンクが担当してるということは職人技を要するのかしら……」

ステファニア様の疑問にハンクさんは笑った。

「わははははは！　きれいに丸くするには手間がかかりますけど、工程は簡単ですし慣れれば楽しいですよ。領では子供たちも作ります」

「あらそうなの？　じゃあ私もやってみていいかしら」

「もちろん。間もなく焼き上がりますので、まずはご賞味ください」

「いただくわ」

そうしてステファニア様は手近の席に着き、確保していたデザートから食べ始めた。すかさずダジルイさんがお茶を淹れる。

今日はヤンさん、ガット、ライリーと共にこちらのウエイターをしてもらっている。

「ダジルイはタコヤキを食べたことがあって？」

「はい。小さいので一口で食べたらとても熱くて難儀しました。できたてはどうぞご注意くださいませ」

ステファニア様が少し驚いたように私を見たので、頷いておく。

「あら、ドロードラングで温かい食べ物に慣れたと思っていたけれど、それ以上なのね？　ふふ、気をつけるわ」

そこへお待たせいたしましたとハンクさんが小皿に二個だけ載せたたこ焼きを持ってきた。甘辛ソースはかかっているけど、青のりと鰹節はお好みで。小皿も葉っぱみたいな形で、二個並んで収まりがいい。希望としては舟形の入れ物に八個だけど、たこ焼きはまだドロードラング領でしか作ってないし、今日八個も食べたらかなり腹パツになってしまう。

二個ナイスと思ってる間に、ステファニア様は青のりも鰹節もかけて、添えられていたつまようじを二本使って一口でいった。マジか！　ダジルイさんの話聞いてたよね!?　いやそういう思いきりのいいところも好きですけど！　口の中大丈夫!?

「そ、想像していたより熱かったわ……」

「ですよね!?」

涙目で水を飲むステファニア様につっこんじゃったよ、もう。ハンクさんもダジルイさんも笑っちゃってるし。

「でもなんて言うのかしら、癖になる味ね。食感も中身はとろりとしていて、タコ、だったかしら、弾力がありながら味も独特なのにやっぱり次も食べたくなるわ。そしてこの小さな串を使うのが面白いわ」

お褒めいただき恐悦至極。よし、たこ焼き事業は早めにスタートさせるか。


「お、お嬢……」

か細い声に振り返ればメルクが、シーツのような布に包まれた大きな板状のものを持っていた。

領地の遊園地・ドロードラングランドで絵描きとして大活躍中のメルクに頼んでいたものが出来上がったらしい。板ではなく、キャンバスだ。

「メルク！　もう仕上げたの？　早くない？」

ステファニア様がいたから遠慮がちだったようだけど、メルクは一礼すると、にっこり微笑んだ。

「とても筆が乗ったから描いていて楽しかったよ。これ、お嬢に預ければいいかと思って来たんだけど、どこに置けばいい？」

「せっかくだから、ルーベンス様とビアンカ様にお披露目しよう」

「ええっ!?　そ、それは緊張するから嫌だ!!」

「ステファニア様の前でそんななら大丈夫よ」

「だって王妃様は食事中だし、絵をお嬢に渡すだけだと思ったから！」

「ビアンカ様！　こちらにどうぞ〜！」

「ひ、ひえぇぇ……」

がっちがちになってしまったメルクの前で、ハンクさんに手伝ってもらいながらキャンバスの包みを剝がす。

「わあ!!」

「おお……!」

「まあまあ!!」

ルーベンス様とビアンカ様の御成婚パレードの途中風景の絵が現れた。

青空を背景に、舞う紙吹雪や花びらが色とりどりで、馬車に乗った純白の婚礼衣装の二人がとてもよく映えている。

「ルーベンス様、ビアンカ様、こちらも贈呈させてください」

「ありがとう！　サレスティア！　メルク！」

「まさか、パレードの最中の絵とは……すごいな」

「まあまあまあまあ！　あの祝福された天気がそのまま描かれているわ……！　ベールのなびく様が春の風を表すようだし、何より!!　二人の笑顔がとても素敵!!　初々しい!!　ルーベンスったらビアンカさんの隣だとこんなに笑うのねぇ、初々しいわあ。素晴らしいわ、メルク」

「は、母上……」

ルーベンス様が少々顔をしかめ、ビアンカ様がもじもじし、メルクが静かに悶えるのを全て無視し、ステファニア様は絵にかぶりつき。その騒ぎに皆が集まってきて、メルクが憤死してしまいそうな勢いで褒め称えてくれた。国王はしみじみと眺めている。

「王家の肖像画はどうしても静止画だからなぁ。こういうのは宮廷画家には描いてはもらえん。しかもパレードの中の一瞬の場面だろう？　よく描いたな」

「あ、はい……とても良い場面は印象に強く残るので、現物を見続けていなくても描けます……」

「メルクの才能はおそろしいわね……王家お抱えの画家に頼んだ二人の婚礼姿はまだ出来上がらないわよ」

「お、畏れ入ります……で、でも、描いていてとても楽しかったので、自分でも早く描けたと思いました……」

「ありがとう、メルク。大事に飾る」

「あ、ありがとうございます、ルーベンス様……か、飾っていただけるなら、う、嬉しいです……」

「ありがとう！　メルク！　ルーベンス様が麗しいわ！」

「び、ビアンカ様もルーベンス様ともとてもお似合いです……」

「あら！　うふふふ」

おぉ、メルクめ、ちゃんと会話ができているじゃないの、偉い偉い。褒められる度に半歩ずつ後ろに下がってるけども。

肖像画は、証明写真のように画家の前で畏まって立つか椅子にかけるしかない。そういう仕様だと言えばそれまでだが、カメラ、写真の溢れる世界が前世だった身としては、動きのある絵も見たくなったのだ。

最初は舞台で動く子供たちを絵に残せないかとメルクに相談した。似顔絵師としてほぼ毎日忙しくしているのにメルクはあっさりと快諾。言い出しっぺの私の方がビビった。

でもさすがのメルク。メルク自身が実はカメラ本体なんじゃなかろうかと思わせる能力を持っていた。作業が早いし、とにかく正確。頼んでおいてなんだけど、本気でビビった。この世界って一芸特化されてる人の特化され具合が神懸《かみが》かってないかい？

それでも最初は一人ずつ描くのが精一杯で、さらに医療兼務の薬草班長のチムリさんからドクターストップを言い渡され、描いてもらえる権を決めるじゃんけん大会を開催。メルクの隈がペイントのように真っ黒だったもんな……ごめんよメルク……絵のすごさに盛り上がっちゃって、君の熱中の仕方をうっかり忘れていました……ちゃんと寝ましょう……でもじゃんけんする子供たちが可愛いかった……

シュナイル様とクリスティアーナ様も真剣に見ている。二人へのプレゼントも確定だな。メルクさん、来年こちらの二人もお願いします!!

「あ、そうだ、ダジルイさん……」

ん？　メルクがダジルイさんに、今度は布に包まれたB5サイズのキャンバスを渡した。

「あら。もう出来上がったのですか？　ありがとうございます。大変だったでしょう」

「い、いいえ、婚礼画を描き出す前に出来上がっていたんですけど、渡しそびれてて……すみませんでした……」

「お願いしたのは私が期限を決めていませんでしたから。でも想定していたより早い仕上がりで嬉しいです。今、見てもいいですか？」

「あ、ぜひ！　出来を、確かめてください……」

そうしてダジルイさんが丁寧に包みを開けると、騎馬の国にいる、最近1才になったばかりの孫ちゃんの絵が出てきた。ちょこんとお座りして、にっこりしてる。可愛い！

「すごい……そっくり……！」

ダジルイさんが驚き、静かに喜ぶ。

「おお本当だ」

いつの間にかダジルイさんの隣に来ていたヤンさんも感心している。

「よ、良かった……1才、おめでとうございました」

ほっとしたメルクはゆっくりとお辞儀をした。それに返すように、ダジルイさんとヤンさんもお辞儀をする。

「あなたにも祝福を」

三人の間にほのぼのした空気が流れる。が、絵を見たい。

「ダジルイさん、ごめん、私も見させてもらってもいい？」

「ふふ、どうぞお嬢様」

「私もいいかしら？」

後ろからの声の主はステファニア様。あれ、もう向こうはいいの？　じゃあ一緒に見ましょう。

「あらあ……ふふふ、可愛いこの子は誰なの？」

「先日１才になりました私の孫です」

「孫!?　ダジルイの孫!?」

「はい。この子で六人目です」

「六人！」

「私には成人した子供が三人いまして、それぞれに家庭を持って独立しています。この子は末の娘の二人目の子供です」

「子だくさんなのねぇ……」

「はい。おかげさまで」

ステファニア様はルーベンス様しか実子がいないからそう思うのかな？　私は前世では四人兄弟だったしなぁ……あ、そうか、孫が六人って聞くと多く感じるかも。

「それにしても、大人しい子なのね。１才でこんなにじっとできているなんて」

絵を見ながらしみじみと感心したようなステファニア様。

「いいえ、もう人見知りが始まったようで、メルクに絵を描きに来てもらった時は大泣きで大変でした」

ダジルイさんとメルクがあははと笑う。ヤンさんはその大泣きを思い出したのか少しげっそりした。

「俺が抱き上げると大暴れでなぁ……あれは参った……」

「僕は、あんなに泣いて暴れる子を見られて、面白かったよ……困ってるヤンさんも面白かった」

「こいつめ」

「ははは」

困るヤンさんが見られるなんて、なんて楽しそうな！　私もついて行きたかったな。授業があったからしょうがないけど。

「大暴れだったんでしょう、よく描けたね？」

「うん……とにかく、孫ちゃんの視界に入らないように家の外に出たらピタッと収まって、そのまこっそり覗き見」

うわぁ……

「私も含めて変質者が三人でした、ふふふ」

ダジルイさん、自分で言っちゃうし。

「家族だけだと、よく笑う、可愛い子だったよ」

「うん、この絵もとても可愛いよ。おつかれさまメルク」

はにかむメルクをもっと労おうとしたら、ステファニア様が仁王立ち。なんで!?

「メルク……頼みがあります……」

「……は……はひ……」

ステファニア様の圧に呑まれ震えながらも、メルクは目を逸らさなかった。

「頼み、ですが、できなくても構いません。これを見てもらえるかしら」

急遽現れた王妃の侍女さんが、メルクに絵を差し出した。

そこには金髪青目の、てかこの無表情、ちっこいルーベンス様でしょう！

「うわ可愛い!!」

「でしょう!!」

ステファニア様の圧に私も思わずたじろぐ。

でもその圧はすぐに消え、しゅんとしてしまった。

「この絵は5才の誕生日に描いてもらったものだけれど……もっと小さい頃はもっと可愛い子だったのよ……天使を産んでしまったのだと毎日思っていたわ……」

恍惚と空を見つめるステファニア様をとりあえずそのままにして、改めて絵を見る。5才か。王子服も子供用なのに帯剣してるし、無表情でもミニチュア王子がとにかく可愛いんですけど！

アンディの絵姿もあるかな？　マルディナ様が持ってるかな？　後で聞いてみようっと。

「王子教育が始まってから笑顔が減ってしまったけれど、それまではよく笑う子だったの。1才になる頃からメロメロにさせられたわ」

わー、親バカ……

「でも絵に残そうとしてもじっとできなくて。抱いても、好きなお菓子や玩具を準備しても、怒っても全然できなくて諦めたのよ……」

ステファニア様が猫背になった!?

「メルク、あなたの想像でいいわ、この絵からルーベンスの1才頃の絵姿を描いてもらえないかしら……」

無茶言うなぁ。さすがにこれは私が断らなきゃと動いたら、メルクはルーベンス様（小）の絵姿を微動だにせず見つめていた。

「できなくても怒らないでくださいね？」

なんだか静かにしなきゃならない気がして、ステファニア様にこそりと伝える。ステファニア様は苦笑して、「もちろんよ」と小声で言ってくれた。

よし、言質《げんち》は取ったぜメルク。描けなくても大丈夫だ。

そう、念を送ったらメルクが顔を上げた。お。

「あの、お、王妃様、いくつか、お聞きしたいのですが、よろしいでしょう、か」

おお？

ステファニア様が良しと言うと、メルクは自分の保存袋から練習用スケッチブックを取り出した。そのまま地面にあぐらで座り込み、ガリガリと描きだす。描きながらステファニア様に質問し、答えを確かめながら描き足したり、直したり。

次第に真っ黒になっていくスケッチブックに不安になったらしいステファニア様をほっぽって、今度はＢ５サイズのキャンバスを取り出すと絵の具を並べる。下絵をさらっと鉛筆で描いているうちにヤンさんが筆洗い用の水を持って来て、メルクの専用バケツに入れてくれた。

ありがとう、ぼんやりしちゃってた。

そこからは怒濤。遊園地で似顔絵を描いている時のように手の動きが早いのなんの。そしてメルクにもどんどん色が付いていく、というか汚れていく。今日にあわせてちょっとよそ行きの服だったろうに、十分もしないうちに残念な格好に。あーあ。うちの洗濯班でも取り切れないんだよね、絵の具。

そうか、メルクの服だけコーティングしておけば良かったのか。服飾班にメルクの専用作業着を作ってもらおう。変な色合いの服を着た画家を目印に遊園地では声をかけられているようだけど、そんなの卒業させよう。あれ、そういえば汚れた服は雑巾にしてるからそのままでもいいのか？

「お、王妃様、い、いかがでしょうか……」

できたの？　早っ!?

「かっ……！」

絵を見たステファニア様が一瞬のけぞり、メルクの持つキャンバスにかぶりついた。目が開き、体が微妙に震えている。はためにはヤバそうだが、まだ乾いていない絵に触れていないから、冷静ではある。

「ど、どこか、まだ、直せますが……？」

「え、仕上げたのではないの？」

「え……と、最後にツヤとか、影とか入れて、調整します……」

「あぁ。そうね……このまま仕上げてちょうだい。あ、髪の毛はこの頃は細くて色合いが今より明るいの」

「わ、わかりました」

メルクが作業を再開すると、ステファニア様はあからさまにソワソワしだした。自分でもそれに気づいたのかメルクから離れ、こちらにやってきた。

そして私の両肩を鷲掴み。ぎゃあ！

「サレスティア、メルクにはどんな礼をすればいいかしらもちろん絵の代金は払います規定の十倍出すわいいえドロードラングランドでのメルクの一日分の売上げを十倍出すから今日これから他にも描いて欲しい絵があるのよメルクに頼んでちょうだいいいいいいっ!!」

「ひえええええっ!?」

一息でどんだけ喋るの！　あとかっ、ぴらいた目が怖いんですけど！　美人がヤバいと余計に怖い!!

「お、王妃様……りょ、料金は規定通りでいいです。でも、今はランドを抜けて、来たので、もう帰ります」

メルクの言葉にステファニア様が我に返った。メルクありがとう助かった！

ステファニア様……見た目はシャンとしてるのに、空気がしょんぼりしてる……器用だなあ。

「そう……残念だわ。でもそうね、私ばかりわがままはできないわね。メルク、今日はありがとう。いつかまたお願いしてもいいかしら?」

さすがステファニア様。王妃なんてだいたいのわがままは通りそうだけど、しないんだよなぁ。

「は、はい、ぜひ」

「うふふ。ありがとうメルク。お仕事頑張ってね」

「は、はい」

微笑むステファニア様にお辞儀をするメルク。

「メルク、せっかく来たんだ、菓子を食べていきな。まだ時間はあるだろ?」

ヤンさんがメルクを手洗い場に連れて行くのをステファニア様が少し名残惜しそうに見つめていた。

「ステファニア様、絵を見てもいいですか?　ルーベンス様っぽくなってました?」

途端にステファニア様がとろけるような顔をした。

わあ！　身内しかいないとはいえ油断しすぎでは？

「思い出を美化しすぎていたかと不安だったけど、描いてもらえて正しかったと実証されたわ。見て！　ルーベンスの1才の姿を見てちょうだい!!」

侍女さんが持ったままの絵を見させてもらうと、そこには、満面の笑みを浮かべて両腕をこちらに伸ばす、人間の服を着た天使がいた。

「かっ!?　可愛いんですけど!!　ほんとにルーベンス様!?」

「そう！　こうだったのよ！　こうやって笑ってくれていたのよ!!」

ステファニア様のテンションと同じ勢いで、絵を持つ侍女さんが何度も首を縦に振る。まじか。

「これは残したい！　ステファニア様が絵に残したかった気持ちがわかる!!　天使だ!!」

「でしょう!?　この笑顔でよちよち来られたらもう寿命が伸びるんだか縮むんだかわからなくなってでもどうしようもなく幸せなのよおおっ!!」

我が子は特に可愛いってよく聞くけど、ルーベンス様ったら文句なしに天使だわ～。さすが王子。

私らのあまりの騒ぎぶりに皆が集まってきた。そして『ルーベンス様・1才』の絵を見て女性陣が狂喜乱舞。その様子を見て男性陣が引いていた。

でも国王は「そうだった、ルーベンスはこんなだったな」とによによ。アンディとシュナイル様は初めて見る兄の姿に興味津々で、弟たちにまじまじと見られているルーベンス様はちょっと嫌そう。

男女差が激しいわぁ……ちょっと冷静になれた。

「サレスティア。やっぱりメルクの予定を押えたいわ。いつならメルクは都合がいいかしら」

思いが再燃してしまったらしいステファニア様が窺うように聞いてきた。

「そうですね……遊園地が休みの年末年始になるかと」

「他に誰か予約はしている？」

「予約は受け付けたことがないので、とにかくメルクに聞いてみます」

せっかくの休みに仕事を入れるのは申し訳ないし、駄目ならステファニア様には私から断ろう。

ルーベンス様のアルバム作りなら気長に待ってもらおう。

と。新たな侍女さんがやって来て、さらに四枚の絵を見せられた。それぞれ、小さいシュナイル様、小さいエリザベス様、小さいアンディに小さいレシィが。

「ふ、ふあああああっ⁉」

アンディ可愛いアンディ可愛いアンディ可愛いぃぃいいい‼　コピー取らしてコピーぃぃぃ‼　コピー機ぃっ‼　一番近いコンビニはどこおおおっ⁉

「ふっふっふ。可愛いでしょう？　シュナイルもアンドレイも5才のものだけれど、エリザベスは3才で描かせてくれたわ……レリィスアは4才だったわね」

だからエリザベス様の絵は王子たちより幼いのか。姫たちは王子たちに比べればにこやかだけど、表情はかたい。でも可愛い。みんな髪の毛短いし。やっべ可愛い。手ぇちっちゃい。めっちゃ可愛い。頭身少なっ。とにかく可愛い。

「レリィスアはアンドレイと4才差だから全員は揃うのは難しいのだけど、ルーベンスたちが2才と1才の頃は四人でじゃれ合っていたの。はあ……今思い出しても天に召されても悔いのない時間だったわ」

ルーベンス様はさっきメルクの描いた絵で想像しやすいけど、他が5才、3才なので想像しきれない。働け私の脳細胞！　天使たちがじゃれていたんですってよ！

「表情が乏しくなった頃にレリィスアが生まれて、その時は誰が抱っこするか順番を決めるのにエリザベスも喧嘩したり忙しかったわ、ふふふふ」

ぐあああああっ!!　何を聞いても可愛いエピソードばっかり！

「ステファニア様、懐かしいお話ですね」

「マルディナ。ふふふ、あの頃は休める時間がなかったわよね」

「ええ、ふふ。私、毎日隈を隠す化粧ばかりしていましたわ」

「情けないことに、私もそうでした……」

「あらぁ、パメラ様はステファニア様の護衛も兼ねていましたもの。よく隈だけで済んでいると羨ましかったですわ」

「オリビアこそ、子供たちに本を何冊も何度も読まされて声がガラガラになったわよね……」

「ふふふっ。意味を理解できていないのに真剣に聞いてくれるから、こちらも手が抜けませんでした……懐かしいですわね、ステファニア様」

「そうね……本当に、側妃になったのが貴女たちで私は幸せ者だわ」


アーライル国にあって他国にないものの一つに、王妃と側妃の仲の良さがある。

国によっては側妃制度のないところもあるが、だいたいの国の王家、皇家では正妃以外にも女性を置く。直系の血の存続のためではあるが、だからこそ内乱の種にもなりやすい。

側妃は有力者との縁なので政治に直結。

戦時は腕力がものをいうのである意味わかりやすくて楽らしいが、平時はその十倍の労力がかかるという。愛憎渦巻く昼ドラ状態になるからだ。皮算用ばっかしないで仕事しろ。

「ステファニアが正妃である限り、俺はアーライル国史上最も楽をしてる国王だ」と国王本人がドロードラング領での宴会でのたまう。

ステファニア様はそれを酔っ払いの戯れ言と笑い、「褒めるべきは私を受け入れてくれた、パメラ、オリビア、マルディナよ。三人が協力してくれて、さらにフリード様が信頼してくれるから、私は王妃として好きに動けるの」と、決まって側妃たちに抱きつく。抱きつかれた側妃たちもきゃらきゃらと笑う。

完璧な酔っ払い集団である。

「でも、ステファニア様への警戒を解いたのは、シュナイルが生まれてからなの」

一の側妃・パメラ様はそう言う。

いくら正妃と側妃とはいえ、同年に子供を、しかも男児を産んだ。継承権に順番はあるが正妃からは目障りには違いない。他国からの輿入れという点は同じだが、アーライル国での後ろ楯の数が違う。スヤスヤと眠る我が子を見つめながら、日々、守りきれるか不安であったが。

「はあああ……可愛いわあ……ルーベンスも天使だけど、シュナイルも天使……！」

パメラ様の出産後一月《ひとつき》をぴったりあけて、ステファニア様が突撃してきたらしい。ルーベンス様を抱っこしながら、一定の距離をあけてシュナイル様をガン見。触れたそうにもぞもぞしながらもベビーベッドにすら触れることは一切せず、差し入れも持ってこない。ただシュナイル様を眺め褒めちぎり、ルーベンス様を自慢し、パメラ様の産後の体調を気遣うステファニア様。体調が優れないと聞けば、おすすめの薬や食べ物を侍医や料理人経由で届けた。

そしてある日、ステファニア様はおずおずとパメラ様に告白。

「ルーベンスとシュナイルの服をお揃いで作ってもいい……？」

その瞬間、パメラ様はステファニア様への警戒を取っ払った。

「それでも侍女たちはまだ警戒していたけれど、我が子を褒められて嬉しくないわけがないし、邪魔だと思っているだけならばあんなに気遣うことはできないわ。ふふふ」

自分の侍女の言い分も理解はできるので、シュナイル様が1才になるまではとお互いに触れることはせず、お茶も飲まず、ただお喋りを楽しんだ。パメラ様の部屋が多かったが、シュナイル様の首がすわるとステファニア様の部屋に行ったり、サロンで国王が同席しても飲食はしなかった。それぞれに準備した、子供用の白湯だけである。

そして、二の側妃・オリビア様、三の側妃・マルディナ様も共に安定期に入ったと知らせが届く。

「これで二人ともひと安心ね」

病気ではないが、何が起こるか予測しにくいのが妊娠、出産だ。しかも子供同士の年齢が近いため、王位継承権に影響が出やすい。

「ステファニア様のおかげで私の侍女たちは落ち着いてきましたが、今は彼女たちのお付きの方が気が立ってるでしょうね」

「でしょうねぇ……私なんかパメラとシュナイルに会いたくて皆にずいぶんと怒られたわ……」

「パメラの様子を知るために俺まで使いに出すほどだったな……」

「まあ、フリード様はそういう理由でいらしていたのですか？」

「パメラは体調が芳しくなかったから心配はした」

「まったく私たちの旦那さまはマメでいらっしゃるのが救いですわー」

「知ってるぞ。そういうのを棒読みと言うんだ、ステファニア」

「あらま、バレてしまいましたわー」

「おーい」

これが王と王妃の会話かと思うと肩の力が抜ける。だが、だからこそ良いのだとパメラ様は思った。

「ステファニア様は、私たち側妃が邪魔ではありませんか」

馬鹿な質問とは思わなかった。

そして、パメラ様の予想通り、ステファニア様は眉間にシワを寄せて即答。

「邪魔だと思っていたらシュナイルには会えないじゃないの。そんなの嫌だわ」

さらに唇を尖らせて続けたことは。

「それに、私たちはお互いを蹴落とすライバル同士ではなく、戦友よ」

「戦友……」

「そう。国の要となる王を補佐するのが妃の役目。まだアーライル国では先の大戦の影響もあり、正妃だけでは足りないから側妃が必要。けれど、妃が多ければそれだけ権力が入り乱れてくる。王の舵取りが複雑にならざるを得ない」

パメラ様はステファニア様の視線を受け止めながら頷く。

「でもそれって、私たちの仲が良ければ解決すると思わない？」

壁に控えている侍女や王の護衛までもポカンとしたようだ。

「ずっと思っていたのよ。歴史の授業でも物語でも、母たちのお茶会でも。妃同士で争う暇や気概があるなら国のためになるように動けば良いのにって。それに、今回輿入れした四人のうち私を含めて三人が国外の姫よ。それぞれの国の良いところを取り入れるいい機会だし、もちろん駄目なところを参考にもできるし、アーライル国外にいくつかつてがあるというのも私たち妃の強みにしたいわ」

「強み……」

「そう。私たちは政略でアーライル国に嫁いできた……益になると見込まれて。大仕事よ、やりがいがあるわ」

真っ直ぐな瞳に、パメラ様は内心たじろいだ。

「私たちの仲が良ければ、いいえ、悪くさえなければ、アーライル国だけじゃない、他の二国とも良好になる」

そこでステファニア様はちろっと舌を出した。正妃付きの侍女たちがざわつく。

「そうしたらきっと子供たちをも守れるわ」

静かに聞いていた王が笑った。

「ははは、それが本命か」

「行き着くところはそうですが、そこまでの働きは王を楽にはしませんの？」

「慣例のような後宮のゴタゴタがなくなるだけでかなり楽だ。おおいに結構、やってくれ」

「ふふふ、言質をいただきますわね。分散させるために平等に私たちへ通ってくださったのですもの、無駄にはしませんわ」

そこでパメラ様は王位継承をエサに動く者を牽制するために、子供たちの年を近くしたのだと知った。

「正直な話、アーライル国では正妃の子だから次代の国王に必ずなれるということもない。男女の別、能力差、そもそもが丈夫に育つかもわからん。大事に囲ったと思ったところでどこかしら隙があるしな……」

足を組み直しながら王が息を吐く。

「己の事ならばそんなものだと受け入れてきたが……我が子となると……少々変わる」

王の視線の先にはじゃれ合うルーベンス様とシュナイル様。ステファニア様、パメラ様も、絨毯の上で転がる二人を見つめる。

おもむろに立ち上がった王は、二人の王子を左右に抱き上げた。視点が高くなって不安になったのか、二人が王に抱きつく。

「ルーベンス、シュナイル、大きくなれよ」

「「……う？」」

「そうして俺に楽をさせてくれ」

真顔でそう言った王に、ステファニア様とパメラ様は苦笑しあった。

「私も、四人が並んでいる姿を絵に残せればと何度も思いましたわぁ。エリザベスは3才で肖像画ができましたけれど、生まれてからずっと可愛いのをつぶさに記録したかったですわぁ」

オリビア様がふぅとため息をつく。

「私もです。兄王子たちがアンドレイの黒髪とエリザベスさんの髪を不思議そうに触っていたところが忘れられません。……ふふっ、生まれたばかりのレリィスアが泣き出して困ってしまった四人の姿も忘れられません、ふふふ」

マルディナ様が口元を隠しながら笑いだすと、三人の妃も思い出したのか「あったわね～」と盛り上がる。

何か話題が出る度に妃たちは盛り上がり、その度に子供たちは微妙な顔になる。他人が聞くと楽しいだけだけど、言われる方は覚えていないだけに反論のしようもない。アンディですら遠い目をして聞き流そうとしている。ふふっ。

「なんだか、猫の子の話を聞いているようだなぁ」

口をもぐもぐとさせたメルクと一緒に戻ってきたヤンさんが言った。今の髪の毛の話は確かにそうかも。

「猫……？」

メルクはぽつりと呟くと、追加された四枚の肖像画をじっと見つめた。

「あ……」

微かに声を発したと思ったら、またもリュックから画材を取り出した。今度はイーゼルに約80㎝×70㎝サイズのキャンバスを置く。

「ありゃ、せっかくきれいにしたのになあ」

ヤンさんが呆れたが、これはメルクのどうしようもないところだ。メルクは順番を大事にするが、自分の描きたい欲にも忠実だ。でもその欲は年に一度か二度しか発揮されない。私たちが思う以上にメルクは自分を律してるのかもしれない。

誰も発注していない絵を描きだしたメルクを、なんとなくみんなで見守ってしまう。

下描きもそこそこに絵の具をぬり始め、誰もが見入っているなかで国王だけがお菓子を食べていた。ぶれないなオッサン……。

アンディと目が合ったので、私たちもお菓子の方に移動。

「やっぱりメルクは描くのが早いね。宮廷画家はまず中心を決めるところからだから……」

アンディがまたも遠い目をする。

「わー……とても時間を取られそうな印象を受けました」

「ははは……まあ後世に残すつもりで描いてもらうからね。画家が慎重になるのも仕方ないとはわかってはいるんだ」

王室大変。と、アンディが手を繋いできた。

「僕らの結婚式の絵も今からメルクに頼んでおこうね」

ぎゃふん！

「俺もメルクに頼みたいのだが」

シュナイル様がクリスティアーナ様を連れてやって来た。

「もちろん、ご成婚の際には贈らせていただく予定です」

「ありがとう。場所は大聖堂が希望だ。絵にするには大変だろうが、あのステンドグラスの前に立つクリスは美しいと思う」

「シュナイル様……」

クリスティアーナ様が感激してシュナイル様と見つめあう。

アンディもそこがあったかと呟いた。

へー、大聖堂かー。

「階段に流れるドレスの裾やベールがいいのだと母上たちが言っていたんだ。それを聞いてからはその場をどうしても見たくてな。その時俺はクリスの隣だからじっくりとは見られない」

ほほう、ほうほう、いいじゃないですか。

でも大聖堂は王家に連なるか要職に就く人物しか入れないと聞く。それこそ宮廷画家の出番だ。

メルクは無理じゃね？

「そこはステファニア様に泣きつけばどうにかなりそうな気がする」

マジで!?　シュナイル様がそこまで言うとは！　愛だね～。

もし駄目だったらドロードラングランドに大聖堂を建てるのはどうかな。レプリカでも観光の一つにはなるよね。ステンドグラスの絵柄がわからないからそこも相談、と。レプリカなら絵柄はドロードラングオリジナルでいいし、絶対に亀様を入れてもらおうっと。

「されすてぃあああぁぁ……！」

ひぃっ！　ひとの名前で悲鳴をあげるのやめてくれますステファニア様！　びっくりするわ！　器用か！

……え。

まだ筆や手を動かしているメルクの周りで妃たちがみんなうずくまっていた。エリザベス姫もビアンカ様も侍女さんも。

「どうされましたステファニア様？」

慌てて駆け寄れば、ステファニア様にがしりと両腕をつかまれた。ぎゃあ！　怖い！

「死して悔いなし……！」

「やめてください!?　縁起でもない！」

「だって、見て、この絵……」

促されて見た先には、ドロードラングの子供たちが舞台でする、猫耳、モコモコ手足、尻尾が付いた、よちよち幼児が四人。

おそらく、というかそれしかあり得ない、ルーベンス様、シュナイル様、二人より少し幼いエリザベス姫にアンディである。

それぞれに髪色と同じケモグッズで、ふにゃふにゃした笑顔である。

「きゃあああっ！　アンディ可愛いアンディ可愛いアンディ可愛いいいいいっ!!　アンディちょーだい！　ここだけ切り取っていいですかっ!?」

「ちょっ!?　駄目に決まってるでしょう!!　いくらサレスティアでも許さないわよ！」

「でしたら！　私はルーベンス様が欲しいですわっ!!」

「だ!?　駄目よビアンカさん!!」

「わ、私、シュナイル様を……！」

「駄目よクリスさん！　私も欲しいもの!!」

「ちょっ!?　パメラ!?」

「エリザベスはいただきますわあ！」

「オリビア!?」

「サレスティア、アンドレイを賭けてじゃんけん三本勝負よ……」

「マルディナまで!?」

「いいでしょうマルディナ様。未来のお義母様とはいえ私が勝たせていただきます！」

「切り取り不可！　四人一緒だからいいのよ！　切り取りは絶対不可よおおおっ!!」

絵は、女たちの争いに見向きもせずに描き終えたメルクにより、直接国王の手に渡された。

そして国王と王子たちの意見の一致により、城の内輪用サロンの、母親たちが届かない天井に飾られることになったとさ。

後日。「私は？」というレシィに負けて、おくるみのレシィを囲む笑顔の兄王子、姉姫の絵もメルクから贈られたってさ。

おつかれメルク。

いやほんとまじで。

あとがき

『贅沢三昧したいのです！　転生したのに貧乏なんて許せないので、魔法で領地改革④』をお買い上げいただき、ありがとうございます。

神様!!　またお会いできましたね！　お久しぶりです！

……え？　４巻も借りて読んでいる？　紙の本は目に優しいですからね、貸し主さまを崇めさせてください。そしてあなたは貸し主さまを敬ってください。

……ほう？　やはりの立ち読み派？　買い物でたまったポイントでご購入くださってもよろしくてよ？　オホホのホ☆

とまあ、毎度購入催促から入りますが（笑）、皆さまのおかげで４巻が出ました。ありがとうございます!!

３巻までにも、毎度ショートストーリーを差し込んでくださったり、サイン色紙を置いてくださったり、サイン本を置いてくださったり、あちこちの本屋さんが色々と構ってくださいました。

人生でサインを書くことがあるとは……ド緊張で震える震える（笑）。

素人丸出しです☆　ご覧の際は笑ってやってくださいまし。

さて。４巻にして初めて書き下ろしをしました。↑ウェブから書籍になるのに加筆をしたことないのは私くらいじゃないでしょうか……。

大丈夫ですよ、と担当さまの優しさに甘えまくりでお世話になってます！

加筆分は本編のようにまあまあのドタバタになってます（笑）。書いてて楽しかったです。七百字くらい消えた時はさすがに凹みましたが……あれはまいった、保存、大事（汗）。

小説家になろうで活動報告というブログ的なものがあります。なろうでのユーザー交流の場ですね。

そこで以前、贅沢三昧の人気投票をしました。二回（笑）。

一回目の第一位は断トツで、お嬢でした。いくら主人公でも二位とは僅差だろという作者予想を裏切りぶっちぎりです（笑）。

一回目の投票方法は『10ポイント制』。投票者は持ち点の10ポイントをどう割りふっても良しとしました。１キャラに10ポイントも良し、10キャラに１ポイントずつも良し、という方法です。

二位がクラウス、三位がアンディ、四位は亀様、五位がヤンでした。

ポイント獲得キャラは29人！　私の中では思っていたよりも票が入りました☆

詳しい結果はこちらをどうぞ→https://mypage.syosetu.com/mypageblog/view/userid/420911/blogkey/2396657/

この時に29人も名前が出て嬉しかった私は、二回目の人気投票では『10人投票制』にしました。キャラを必ず10人選ぶ方式です。お嬢にポイント全フリしてくださった方が何人かいらしたので、他にどんなキャラが好きか知りたくて。お嬢は殿堂入りということで二回目から強制排除（笑）。でも救済も兼ねて、カップルの部、コンビorトリオの部も設けました。こちらの二つの部では何組でも好きなだけ書いてもらいました。ふっふっふ。

カップルの部ならお嬢もアンディと一位になるだろと予想していたのですが、なんとマーク♡ルルーが一位でした（笑）。しかもお嬢たちは、朱雀♡村長と同率二位。アンディが項垂れましたよ（爆笑）。

場外としてジーン♡チェン（笑）。ボーイズラブはありませんが、チェンは贅沢三昧のヒロインとして読者さまから認定されてます（爆笑）。

コンビorトリオの部の一位はクロウ&シロウでした。安定のコンビですね。二位が、白虎&クロウ&シロウ……もふもふ強し（笑）。

ここで笑ったのは青龍&ビアンカ（本）。↑本ですよ本、青龍が保健室で号泣したあの本（笑）。

ちなみに10人投票の部の一位はクラウスでした。二位が亀様、三位にカシーナ、四位同率でアンディ、ルルー、サリオンでした。クラウス強っ（笑）。そしてなんと、二回目は44人のキャラに投票いただきました。すごっ!!

詳しい結果はこちら→https://mypage.syosetu.com/mypageblog/view/userid/420911/blogkey/2666939/

ご参加くださった皆さま、ありがとうございました。楽しかった♡

今回もイラストを引き受けてくださった沖史慈宴《おきしじえん》さま。毎度アレコレとつける注文に想像以上のイラストをありがとうございます！　どうやっても毎度楽しみで仕方がないです!!

ついに四神が揃った表紙だよ！　バッグに入ったシロクロが可愛いんですけどおおぉっ♡　4巻も自慢の表紙です!!

てか裏表紙見た!?　アイス先輩が大出世だよ!!（笑）。みんなに本名を覚えてもらえない、そこだけ不遇の男が大躍進ですね～。いいぞ～♪

そして担当さま。加筆分、遅刻すみませんでした!!（大汗）。お忙しいなか、いつも優しい声掛けありがとうございます（涙）。引き続き担当していただけて本当にホッとしてます。

原稿の直しであちこちお互いに書き込むのですが、文通のようで楽しくなってきました（笑）。普段はメールでのやりとりですが、きれいな字は読んでいて気持ちがいいです。……ええ私、丁寧に書くようにはしてますけど（あれで）、きれいではないです。老眼も入ってきたのか、年々字が大きくなってきてますわ。その証拠のように我が子の書く字が小さくて読めない（笑）。

世の学生さんたちよ！　テストの字は大きめに書いてちょうだいね！　先生たち採点ツラいから！　たぶん☆

SS案が浮かばなくてウンウン唸っていたら、旦那が「妹が鬼にされるってどう?」だって。おおおーい!?　でも鬼ネタ（獄卒）は3巻でやってしまったので却下。……つーかむしろ主人公が鬼では……?

そんなこともありますが（笑）、いつも家族に支えられています。ありがたや☆

製本、販売にかかわってくださる皆さま。

変わらず応援してくださる皆さま。

四冊目を手にしてくださったあなたへ。
毎度芸がないですが（汗）、心からの感謝を。

２０２１年　７月

みわかず

さあ！　５巻の表紙は誰でしょうか？
ふっふっふ……今回はぶん投げクイズじゃないのです……ふふふ……。
５巻！　出るよ!!（刊行月は未定☆）
コミカライズもするってよ！　↑（驚愕）
チェックはこちらから　↓　https://www.es-novel.jp/
まだ影も形もないけどね☆

EARTH STAR NOVEL

贅沢三昧したいのです！
転生したのに貧乏なんて許せないので、魔法で領地改革④

発行 ―――― 2021年7月15日　初版第1刷発行

著者 ―――― みわかず

イラストレーター ―――― 沖史慈宴

装丁デザイン ―――― 関善之＋村田慧太朗（VOLARE inc.）

発行者 ―――― 幕内和博

編集 ―――― 筒井さやか

発行所 ―――― 株式会社 アース・スター エンターテイメント
〒141-0021　東京都品川区上大崎 3-1-1
目黒セントラルスクエア　7F
TEL：03-5561-7630
FAX：03-5561-7632
https://www.es-novel.jp/

印刷・製本 ―――― 図書印刷株式会社

ISBN 978-4-8030-1543-0